갈매기 · 산화 · 수치 · 아버지 · 신랑

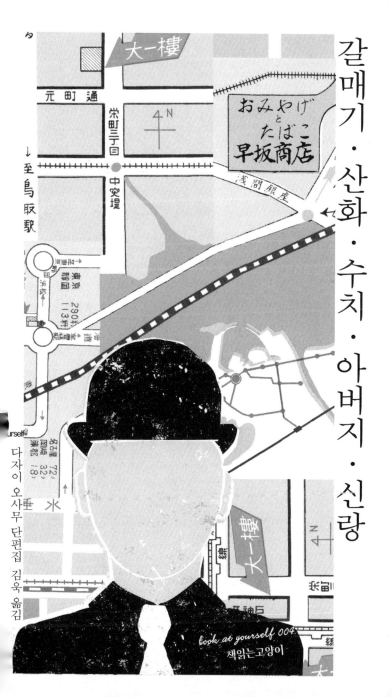

갈매기・산화・수치・아버지・신랑

다자이 오사무 단편집 김욱 옮김

look at yourself 004
책읽는고양이

차례

갈매기

"갈매기란 놈은 벙어리라더군요." 이렇게 말하면 대부분의 사람들은 "아, 그래요? 하긴 그럴지도 모르겠네요." 하고 쉽게 수긍해버리는 것이어서 사실은 괜히 한 번 그렇게 말을 꺼내본 것뿐인 나로서는 오히려 당황스런 생각이 들어 "아니, 어쩐지 그럴 것만 같다는 얘기죠 뭐." 괜히 엉터리 같은 말을 해봤다는 진실을 고백하고 싶어지는 것이다.

벙어리는 슬픈 존재다. 나는 때때로 나 자신에게서 벙어리 갈매기를 볼 때가 있다.

나잇살이나 먹었음에도 왠지 쓸쓸한 생각이 들어 낮

에 훌쩍 밖으로 나가긴 했는데 어디 갈 데라곤 없다. 길가에 돌덩이가 하나가 있는 걸 보곤 발로 슬쩍 차본다. 돌덩이가 저만치 대굴대굴 굴러가다가 우뚝 서버린다. 다시 쫓아가서 걷어찬다, 또 굴러간다. 굴러가다가 다시 서고, 또 쫓아가서 발로 차고 다시 굴러가고…. 이렇게 나는 바보 천치처럼 걷고 있는 것이다. 나는 역시 어디가 아픈 걸까. 내 안에서 뭔가가 잘못 되어가고 있는 건 아닐까. 소설이라는 것을 나는 잘못 생각하고 있는 건지도 모르겠다. 길 한가운데 패어 있는 웅덩이를 보곤 작은 소리로 에잇, 하며 뛰어넘는다. 웅덩이엔 파랗게 갠 가을 하늘이 비쳐지고 있는데, 그 웅덩이 속 가을 하늘엔 흰 구름이 느릿느릿 흘러가고 있다.

나는 물결이 출렁이는 대로 이리저리 흔들리면서 힘없이 밀려나가는 저 '군중' 속의 무력한 개인에 지나지 않는 것일까. 지금 나는 무서운 속도로 내달리는 열차에 태워져 있지는 않을까. 이 열차가 어디로 가는 열차인지 나는 모른다. 아직까지도 누구 한 사람 가르쳐주려고 하지 않는다.

하지만 기차는 달린다. 요란한 소리를 내며 달리고 있다. 창밖으로 지나가는 풍경을 바라본다. 손가락으로 옆

자리에 앉은 사람의 옆얼굴을 유리창에 그렸다가 지워버린다. 날이 저물고 찻간의 소형 전등불이 뿌옇게 켜진다.

나는 배급받은 쌀로 지은 도시락을 먹는다. 밥알이 푸석푸석해서 맛이라곤 찾아볼 수가 없지만, 한 알도 남기지 않고 다 먹은 후에 질 나쁜 담배를 한 대 피워 문다. 밤이 깊어가고 있다. 잠이 든다. 베개 밑으로 덜커덕거리며 들리는 기차 소리가 시끄럽다. 하지만 잠들어야 한다. 눈을 감는다.

조국을 사랑하는 정열을 갖지 못한 사람이 어디 있을까. 하지만 나는 이런 정열을 운운할 수가 없다. 이런 정열에 대해 큰소리로 넉살 좋게 떠들 수가 없다는 것이다. 출정하는 군인을, 아니 병정들을 환송하느라 북적이는 사람들 틈에서 몰래 바라보며 소리 내지 않고 울음을 터뜨린 때도 있다.

나는 병종(丙種)이다. 약해빠진 체력을 가지고 태어났다. 철봉에 매달리는 것도 그저 축 늘어져 있을 뿐, 턱걸이 하나를 제대로 못해낸다. 라디오 체조 같은 것도 제대로 따라하지 못한다.

열등한 것은 체력만이 아니다. 정신도 열등하다. 도무지 구제할 도리가 없는 사람인 것이다. 나는 남을 지도한다든가 하는 그런 힘을 갖고 있지 못하다. 누구에게도 지지 않을 만큼 남몰래 조국을 사랑하는 것 같기는 한데, 나는 아무 말도 하지 못한다. '진정으로 조국을 사랑하노라'는 선언 같은 것을 나도 해보일 수 있을 듯싶지만 그런 사랑을 선언하기 위해서는 먼저 무슨 말부터 꺼내야 좋을지를 모르겠는 것이다.

부끄럽기가 이를 데 없어 입을 다문 채 그저 멍청히 서 있기만 한다. 한 줄의 애국적인 시도 쓰지 못한다. 나는 아무것도 쓰지 못한다. 어느 날 골똘히 생각하다가 토해낸 말이 모양 빠지게도 '만세! 죽어버리자'가 고작이었다. 죽어 보이는 것 외에는 달리 충성을 증명해낼 방법을 모르는 나란 놈은 역시나 촌스러운 얼뜨기였을 뿐이다.

나는 왜소하고 무력한 시민이다. 위문편지를 써서 아내에게 우체통에 넣고 오라고 시켰다. 전선에서 잘 받았다는 답장이 온다. 나는 그 답장을 읽고 얼굴이 화끈 달아올랐다. 면목이 없다. 문자 그대로 황송해서 못 견디겠다.

나는 아무것도 하지 못한다. 조국애니 하는 뻔뻔스러운 선언을 도저히 못하겠는 것이다. 아무도 모르게 전쟁

터로 나간 친구들에게 비굴한 편지를 써 보내고 있을 뿐이다. (나는 지금 무엇이든 솔직하게 고백해버리고 싶은 심정이다.) 내가 쓴 위문편지는 정말이지 형편없다. 거짓말만 잔뜩 늘어놓고 있다. 내가 읽어봐도 역겨울 만큼 비루하게 간살부리는 말만 골라서 썼다. 왜 그랬을까. 나는 왜 전쟁터에 나간 사람들 앞에서 비굴해지는 것일까. 나 나름대로 훌륭한 예술을 남기려고 온갖 힘을 쏟아붓고 있지 않은가. 마지막으로 하나 남은 이 작은 긍지마저도 나는 버리려고 한다.

전선에서도 소설을 보내온다. 잡지사에 소개해달라는 부탁이다. 편지지에 쌀알처럼 작은 글씨로 빼곡하게 적은 엄청나게 긴 소설이 있는가 하면, 편지지 두 장 분량의 단편도 있다. 나는 최대한 진지하게 읽어준다. 그런데 작품이 영 마음에 들지 않는다. 편지지에 적힌 전쟁터의 풍경은 내가 책상 앞에 턱을 괴고 앉아 공상하는 풍경과 하나도 다를 바 없다. 신선한 감동이 원고 어느 구석에서도 느껴지지 않는다. '감격했다'라고 적어놓은 문장에서 세상에 흔하고 흔한 막돼먹은 문학에 물들여져서는, 이 대목을 이렇게 표현하면 제법 소설답겠는데, 이따위로 잘못 착각한 천박함이 읽혀진다. 그런 작품들뿐이다.

나는 병사의 흙투성이 몸과 땀, 그리고 피나는 노고를 생각하는 것만으로도 아무 할 말이 없어질 만큼 그들을 숭경(崇敬)하고 싶다. 숭경이라는 말을 쓰는 행위마저도 속이 빤히 들여다보이는 것 같아서 부끄럽다. 할말이라 곤 아무것도 없다는 뜻이다. 나는 다만 모래 위에 쭈그리고 앉아 모래에다 손가락으로 글자를 썼다가는 지우고 썼다가는 다시 지우고 있을 뿐이다.

아무 말도 할 수가 없다. 아무것도 쓸 수가 없다. 그러나 예술에서만은 그렇지가 않다. 이빨이 다 빠지고, 등이 구부러지고, 천식으로 고생하면서도 어스름한 골목길에서 바이올린을 열심히 켜고 있는 거리의 늙은 악사를 보고 당신은 웃을 수 있는가. 나는 내가 거리의 늙은 악사를 닮았다고 생각해본다.

나는 사회적으로 이미 패잔병이나 다름없다. 그러나 예술…. 이 말을 꺼내기가 사실 멋쩍기 짝이 없지만, 나는 끝까지 예술이 지닌 본연의 모습을 구명해내고 싶다. 예술은 남자가 일생의 업으로 삼아도 될 만한 가치가 있는 직업이라고 생각한다. 거리의 악사에겐 거리의 악사만이 누리는 그의 왕국이 존재하는 법이다.

나는 젊은 병사들이 보내온 소설 몇 편을 읽어보곤 도

저히 안 되겠다고 생각했다. 그들이 쓴 소설에 내가 너무 큰 기대를 걸고 있었던 건지도 모른다. 하지만 나 같은 병종은 감히 상상도 못할 전혀 새로운 감동과 사색이 그들이 쓴 소설에 넘쳐나야만 한다는 생각을 떨쳐버릴 수가 없었던 것이다. 뭐라 종잡을 수 없는 커다란 감동, 하느님을 눈앞에서 뵙게 되었을 때 겪게 될 것만 같은 영원한 전율. 나는 그들의 소설이 나에게 그와 같은 전율과 감동을 주리라 기대했었다. 과장된 몸짓이 아니라도 좋다. 몸짓은 작을수록 좋다.

꽃 한 송이를 두고도 거짓이 담겨 있지 않은 감격의 말과 기원을 빌어야 하는 것이다. 감격의 말, 기원하지 않고서는 견딜 수 없는 말들이 어딘가에 반드시 존재하고 있을 것이다. 하지만 나는 이토록 감격하는 말과 기원하는 말을 구체적으로 표현해내지 못한다. 내가 전쟁터를 모르고 있기 때문이다. 나는 경험도 못 해본 생활을 멋대로 추측해서 그럴싸하게 꾸며내는 불손한 인간이 아니다. 아니, 처음부터 그만한 재능이 없었던 것인지도 모르겠다. 내가 직접 겪으며 체험한 일이 아니라면 나는 절대로 쓰지 못한다. 내가 확신할 수 있는 조그마한 세계만을 다져가는 수밖에 없다. 나는 내 '몫'을 알고 있다. 전쟁터에 관한 것은 전쟁터에 나간 사람들에게 맡기는 수밖에 없다.

어느 병사가 보낸 소설을 읽어본다. 안타깝게도 작품성이 떨어진다. 자신이 직접 보고 겪은 체험을 쓰는 대신, 예전에 읽었던 가식으로 넘쳐나는 악문학(惡文學)에게서 배운 문체를 흉내내며 전쟁을 이야기한다. 전쟁을 모르는 인간들이 전쟁을 이야기하고, 본토에서는 그런 소설들이 대단한 갈채를 받고 있는 것이 현실이다 보니 젊은 병사들까지 그들의 스타일을 모방하고 있다. 전쟁을 모르는 자는 전쟁에 대해 쓰지 말라. 전쟁터를 겪어본 것처럼 겁도 없이 전쟁문학에 달려드는 짓은 오히려 전쟁문학의 본질을 흐려놓게 될 뿐이다.

나는 병사의 소설을 다 읽고 '전쟁을 망원경으로만 보고 묘사하기 바쁜' 본토 문학인들에게 참을 수 없는 증오를 느꼈다. 당신들의 우쭐거리는 문학이 순진한 병사들의 '눈'을 파괴시켰다.

이는 본토에서 평안히 지내고 있는 문학가들에게만 할 수 있는 비난이며, 전쟁터에 나가 있는 병사들에겐 차마 아무 말도 못하겠다. 지칠 대로 지쳐 녹초가 되었으면서도 잠깐의 휴식을 이용해 촛불 아래에서 그들은 열심히 소설을 썼을 것이다.

그것을 생각하면 예술이 어떻다느니, 미학이 뭐라느니 하며 떠들어댈 때가 아니다. 소설과 함께 보낸 편지에는 "당장 내일 어떻게 될지 모르는 목숨이니 부디 잘 부탁드립니다."라는 글귀가 적혀 있다. 실례가 되는 줄 알면서도(나에겐 그럴 자격이 없다는 것을 알면서도) 소설을 살짝 손봐준다. 그리고 편지지를 빼곡하게 가득 채운 소설을 아내에게 건네주며 400자 원고지에 옮겨 적으라고 시킨다. 정리한 원고를 여러 잡지사에 보내기 위해서다.

"비교적 솔직하게 쓴 좋은 작품이라고 여겨지는 바, 잘 부탁드리옵니다. 나처럼 부덕한 자가 병사의 원고를 천거한다는 것이 당돌한 짓으로 여겨질지도 모르겠습니다만, 인간의 진심은 부덕하다든가, 하는 것과는 다른 것으로, 나만 하더라도…"

여기까지 쓰고는 더 이상 쓰지 못하고 망설인다. 뭐가 '나만 하더라도'란 말이냐. 거짓말 좀 작작 해라. 넌 지금 인간쓰레기로 손가락질 받고 있다는 걸 모르고 있단 말이냐.

그 일이라면 너무나도 잘 알고 있다. 그래서 더는 글

을 이어나가지 못하고 망설이게 되는 것이다. 5년 전에 반미치광이가 된 듯한 시절이 있었다. 병이 완쾌되어 퇴원했을 때 나는 불길이 휩쓸고 지나간 들판 위에 혼자 외롭게 서 있었다. 아무것도 없었다. 달랑 맨몸뚱이 하나였다. 가진 것이라곤 빚뿐이었다. 인간이라는 자격마저 박탈당한 상태였다.

사실을 과장해서 쓰는 것이 아니다. 무척 조심스럽게 쓰고 있으므로 독자들도 나를 믿어줬으면 한다. 또 그 잘난 독선적인 과장법을 쓰고 있구나, 하고 업신여기는 짓을 나는 세상 무엇보다도 싫어하는 사람이다. 그 시절엔 아무도 나를 상대하려 하지 않았다.

내가 무슨 말을 하든 사람들은 묘하게 뜬 눈으로 내 얼굴을 살그머니 훔쳐보기만 할 뿐 상대해주지 않았다. 나에 대해 갖가지 좋지 않은 소문들이 떠돌았던 모양인데, 나는 그때만 해도 아무것도 모른 채 거리를 이리저리 헤매며 돌아다녔다. 1년이 가고 2년이 지나는 동안 아둔한 나도 조금씩 진상을 알게 되었다.

소문에 의하면 나는 완전히 미치광이가 되어버렸다고 했다. 그뿐만이 아니다. 나는 태어날 때부터 미치광이였다고 했다. 소문을 알게 된 나는 그 후로 벙어리가 되었다. 사람은 만나고 싶지 않았다. 아무 말도 하고 싶지 않았다. 누가 말을 붙여도 말없이 싱글벙글 웃어주기로 마음먹었다.

온순해진 것이다.

그 후로 5년이 지났다. 그리고 나는 여전히 반미치광이 취급을 받고 있는 듯하다. 내 이름과, 내 이름에 얽힌 소문만 들어봤을 뿐, 나를 한 번도 만나본 적 없는 사람과 어떤 모임에서 마주쳤는데 기분 나쁜 물건을 보기라도 한 것처럼, 혹은 아주 이상한 것을 발견한 것처럼 무례한 시선으로 나를 위아래로 훑으며 관찰했던 것을 기억한다. 자리에서 일어나 화장실로 가고 있는데 기다렸다는 듯이 등 뒤에서,

"이봐, 다자이 저거 별로 이상해 보이지 않는데…."

큰소리로 떠드는 목소리가 내 귀에 들리기도 한다. 그때마다 이상한 생각을 해본다. 나는 이미 오래 전에 죽었는데 당신들만 알지 못하는 것이다. 겨우 영혼만이 그럭저럭 살아가는 중인데.

나는 지금 사람이 아니다. 예술가라는 일종의 기묘한 동물이다. 죽어버린 송장을 어떻게든 예순 살까지 끌고 가서 이 못난 것이 실은 대작가였음을 세상에 보여주려

하고 있다.

　그 송장이 쓴 문장의 비밀을 밝혀내겠다고 해본들 다 부질없는 짓이다. 망령이 쓴 문장을 흉내 내는 짓이 성공할 리 없다. 전부 집어치우는 것이 좋다.

　이래저래 싱글벙글 웃기만 하는 나를 보고 "다자이도 이젠 바보가 됐어."라고 수군거리는 친구들이 있는 것 같은데 틀림없는 사실이다. 나는 멍청해졌다. 하지만 그 이상은 말하지 않겠다. 다만 이것 하나만은 믿어주기를 바란다. '나는 당신을 배신하지 않는다.' 한 가지 더 말해두겠다. '나를 믿지 못하는 녀석은 전부 바보다.'

　쑥스러움을 참고 병사가 보낸 원고를 편집자에게 부탁한다. 가끔 소설이 실릴 때가 있다. 잡지 광고가 신문에 나오고 병사의 이름도 쟁쟁한 소설가들 틈에 나란히 올라가 있는 것을 봤을 때, 나는 6년 전 어느 문예잡지에 최초로 내 소품이 실렸던 날보다 두 배는 더 기뻐 날뛰었다. 너무나 고마웠다. 편집자에게 천만 번 인사했다.

　신문 광고를 오려 전선에 소포로 보냈다. 나로서는 이런 결과야말로 내게 소설을 보내준 병사를 향한 최대의 봉사였다. 전선에서도 "만세, 만만세입니다."라고 쓴 천진난만한 편지가 날아온다. 며칠 후 병사의 아내로부터 너무 감사하다는 편지가 도착한다.

'어때, 이래도 내가 데카당이냐? 이래도 내가 악덕한 놈이냐?'

하지만 이런 속마음을 누구에게도 털어놓지는 못한다. 생각해보니 이런 일은 부녀자들이나 하는 봉사 활동이며, 그리 자랑할 만한 일이 아니었다. 나는 역시 바보처럼 시류와는 거리가 먼 '유희문학'을 쓰고 있다. 나는 내 '몫'을, 내 '분수'를 잘 안다.

나는 그저 소시민일 뿐이다. 시류에 대해서는 아무 말도 할 수 없다. 그런 처지가 간혹 외롭게 생각되어 훌쩍 집을 나와 돌덩이를 차며 길을 걷고…. 이런 내가 병자인 걸까. 내가 소설이라는 것을 잘못 인식하고 있는 건 아닌지 고민하다가도 그렇지 않다고 나 자신을 변호해본다. 그러기 위해서는 자신감 같은 것이 생겨나야 하는데 내 안에서 자신감을 만들어낼 특별한 상념이 떠오르지 않는 것이다. 확고부동한 말이 떠오르지 않는다. 나는 표백된 민초다.

물결에 밀리는 대로 흘러가고, 언제나 고독하다. '에잇!' 소리를 내며 웅덩이를 뛰어넘곤 '휴우' 안심한다. 웅덩이에는 가을 하늘이 비치고, 그리고 구름이 흘러간다. 나는 집으로 돌아온다.

집에서는 잡지사 기자가 나를 기다리고 있다. 요새 들어 잡지사 기자와 신문사 기자들이 문병을 핑계로 한 번씩 찾아오고 있다. 내가 사는 곳은 미다카에서 안쪽으로 한참 들어간 밭 가운데 있는 집인데, 그 때문에 기자들은 우리 집을 찾아올 때 꽤나 애를 먹곤 한다. 그들은 "정말 먼 데서 사시네요." 하며 땀을 닦아내기 바쁘다. 내가 유행하는 작가도 아닌 터라 그런 인사 같지도 않은 인사를 듣고 있으면 황송해서 몸 둘 바를 모르겠다.

"이제 몸은 괜찮아지셨나요?"

늘 이런 말부터 끄집어낸다. 항상 듣는 말이어서,

"아, 예, 보통 사람보다는 튼튼하죠."

"많이 편찮으셨나봐요?"

"5년 전 일인데요, 뭐."

어물쩍 넘겨버린다. '미치광이였습죠' 라고 대답해주기는 싫다.

"소문에는…."

하지만 상대방은 '반미치광이나 다름없었다던데요' 라는 말이 하고 싶은 눈치다.

"굉장히 안 좋으셨다고 들었습니다."

"계속 술을 마셨더니 저절로 낫더라고요."

"희한하네요."

"그러게 말입니다. 나도 어떻게 된 일인지 모르겠어요."

주인과 손님이 같이 이상하게 여긴다.

"제대로 다 나은 게 아닐 수도 있지만 그냥 나은 셈 치는 거죠."

"술은 많이 드시나요?"

"남들만큼은 마셔요."

이런 대화는 그나마 괜찮다. 금세 종잡을 수 없는 횡설수설이 되고 만다.

"요즘 발표되는 소설들 어떻게 생각하세요?"라는 질문을 받고 나는 크게 당황했다. 한마디 단호하게 해줄만한 의견이 없었기 때문이다.

"글쎄요, 별로 읽어보진 못했지만 뭐 좋은 작품이라도 나왔나요? 남들이 쓴 작품을 읽을 때 감탄부터 하게 되는 것이, 어쩜 그렇게 후딱후딱 써내버리는지 진짜 깜짝 놀라곤 합니다. 빈정대는 말이 아니에요. 몸들이 건강하셔서 그렇겠죠. 하여튼 술술 잘 쓰시더라고요."

"A씨의 그 작품은 읽어보셨습니까?"

"예, 잡지를 보내주셨어요. 그래서 읽어봤죠."

"졸작 같진 않던가요?"

"글쎄요, 난 재미있게 읽었는데. 더 심한 졸작들도 얼마든지 많지 않나요? 특별히 그 작품만 비난할 일은 아니라고 보는데, 저로서는 잘 모르겠군요."

내 마음이 교활해서 미적지근하게 대답한 것이 아니다. 비굴해서 애매모호한 대답만 늘어놓는 것이다. 모두들 나보다 훌륭한 사람들인 것만 같고, 또 다들 열심히 살고 있는 것처럼 보이니까 딱히 할 말이 없다고나 할까.

"B씨에 대해서는 아시나요?"

"알고 있죠."

"이번에 B씨에게 소설을 부탁드리게 됐는데…."

"잘하셨네요. 그 양반 사람이 참 괜찮죠. 꼭 써달라고 하세요. 멋진 작품을 써줄 겁니다. B씨에겐 나도 전에 신세를 졌었지요."

나는 B씨에게 돈을 빌렸던 것이다.

"선생님은 어떠세요. 부탁드려도 될까요?"

"난 글렀어요. 형편없는 걸 쓴다니까요. 사랑 고백하는 이야기를 써도 자꾸만 연설조가 돼버리니 이래가지고 되겠어요? 쓰다가 어이가 없어 혼자 웃곤 한다니까요."

"그럴 리가요. 선생님은 지금까지 젊은 세대 작가들 중에서는 항상 톱이었어요."

"농담하지 마세요. 요즘은 마치 파우스트가 된 기분이에요. 그 늙은 박사가 서재에서 중얼거린 얘기들을 이젠 제대로 이해할 수 있을 것 같아요. 난 이미 지독히 늙어버린 겁니다. 나폴레옹은 서른 좀 넘어서, 내 여생은… 하고 여생을 들먹였다는데, 나는 그가 왜 그런 말을 하게 됐는지 알 것 같아서 나도 모르게 웃음이 나왔어요."

"나폴레옹이 그 젊은 나이에 여생 운운한 걸 선생님은 공감하신다는 말씀인가요?"

"난 나폴레옹이 아니고, 그러니 나폴레옹과 똑같다고는 말하지 못하겠죠. 하지만 문득 여생이라는 걸 느낄 때가 있어요. 내가 파우스트 박사처럼 만 권의 책을 읽지는 못했지만 그렇더라도 파우스트 박사가 느꼈던 허무감과 비슷한 허무를 느낄 때가 있는 것과 마찬가지겠죠."

나는 이처럼 앞뒤가 맞지 않는 이야기를 늘어놓고야 만다.

"벌써부터 그러시면 안 되는데. 실례지만 올해 어떻게 되죠?"

"서른하납니다."

"그럼 C씨보다 한 살 아래군요. C씨는 언제 봐도 원기가 왕성해서서. 문학론이든 뭐든 거침없이 말씀도 잘하시고. 그분은 눈이 참 맑더라고요."

"맞아요, C씨가 고등학교 선배이신데 눈이 참 정열적으로 생겼죠. 그 사람도 앞으로 많은 작품을 쓸 겁니다. 나도 C씨를 좋아해요."

C씨에게도 나는 5년 전에 많은 폐를 끼쳤었다.

"선생님은 도대체가…."

손님은 내가 시종 분명치 않은 투로 대답 같지도 않은 대답을 반복하는데 심사가 뒤틀린 모양으로 억양을 높여,

"선생님은 소설 쓰실 때 어떤 신조를 갖고 쓰시는지요. 예컨대 휴머니티라든가, 사랑이라든가, 사회 정의라든가, 미(美)라든가 하는 것들 중 문단에 나온 이후로 현재까지 그래왔듯이 앞으로도 지속해서 신조로 내세우고 싶은 게 뭐가 있을까요?"

"물론 저도 그런 게 있죠. 회한입니다."

이번에는 나도 즉각 반응을 보일 수 있었다.

"회한이 없는 문학, 그건 아무것도 아닙니다. 회한, 고백, 반성 등에서 근대 문학이, 아니 근대 정신이 탄생했기

때문이죠. 그래서….”

또 말이 더듬거려졌다.

“그렇군요.”

상대방도 흥미가 생겼는지,

“그런 조류가 요즘 문단에서 사라지는 것처럼 보여요. 혹시 선생님은 오래 전에 돌아가신 K씨를 좋아하시나요?”

“그럼요. 요새 들어 자꾸 그분이 그리워지더군요. 내가 낡은 인간이라서 그런지도 모르겠어요. 난 내 마음이 선량하다느니 하면서 자랑하고 싶은 생각은 없습니다. 자랑은 고사하고 더없이 비루한 마음을 가졌다고 부끄럽게 여기곤 한답니다. 숙업(宿業. 현세에서 그 업보를 받게 되는 전세에서의 행위)이라는 말에 어떤 뜻이 담겨 있는지는 잘 모르겠습니다만, 숙업에 가까운 걸 나 자신에게서 느낀다고나 할까요. 죄의 자식, 하면 어쩐지 목사 냄새가 나서 좀 그렇지만, 난 못된 짓을 예전에 저질렀다, 난 더러운 놈이다, 라는 의식을 도저히 지울 수가 없어서 언제나 비굴한 놈이 되는 겁니다. 하지만….”

계속 말하려다가 또다시 머뭇거렸다.

성경 이야기를 꺼내려고 했던 것이다. ‘난 성경을 읽

고 구원받은 적이 있어요.' 라는 말이 하고 싶었다. 그런데 어쩐지 쑥스러워 말할 용기가 나지 않는다. "목숨이 의식보다 중하지 아니하며 몸이 의복보다 중하지 아니하냐. 공중의 새를 보라. 심지도 않고 거두지도 않고 창고에 모아들이지도 아니하되 너희 천부께서 기르시나니 너희는 이것들보다 귀하지 아니하느냐. 또 너희가 어찌 의복을 위하여 염려하느냐. 들의 백합화가 어떻게 자라는가 생각하여 보라. 수고도 아니하고 길쌈도 아니하느니라. 그러나 내가 너희에게 말하노니 솔로몬의 모든 영광으로도 입은 것이 이 꽃 하나만 같지 못하였느니라. 오늘 있다가 내일 아궁이에 던지우는 들풀도 하나님이 이렇게 입히시거든 하물며 너희일까보냐."라는 그리스도의 위로가 나에게 이 세상을 살아나갈 수 있는 힘을 주신 적이 있었던 것이다.

하지만 지금은 부끄럽고 쑥스러워 말할 수가 없다. 신앙이라는 것은 아무도 모르게 혼자서만 내밀히 갖고 있어야 진짜 신앙 아닐까. 어쩐지 나는 '신앙'이라는 말 자체도 끄집어내기 어려울 듯싶다.

그 뒤로도 이런저런 이야기들을 주거니 받거니 했지만 손님은 내가 하는 말이나 대답이 도무지 모호하기 짝이 없자 몹시 실망한 듯 그만 물러나려는 눈치였다. 나는 딱한 생각이 들었다. 아무리 생각해도 나는 얼간이 같다. 이 사람들이 나를 좀 더 출세시켜주려고 내 상태를 슬쩍 살피러 온 것임을 알고 있기에 이처럼 형편없이 상대해 준 내 태도가 한심스러워 견딜 수가 없다. 손님이 돌아가고 책상 앞에 멍청히 앉아 멀리 저물어가는 평야를 바라보았다. 못 견디게 외롭기만 했다.

"너를 송사하는 자와 함께 길에 있을 때에 급히 사화하라. 그 송사하는 자가 너를 재판관에게 내어주고 재판관이 관예에게 내어주어 옥에 가둘까 염려하라. 진실로 네게 이르노니 네가 호리라도 남김이 없이 다 갚기 전에는 결단코 거기서 나오지 못하리라."(마태복음 5장 25~26절)

'이러다간 나한테도 한 번 더 지옥이 찾아오는 것 아닐까? 하는 불안이 스멀거린다. 땅속 밑바닥에서 땅울림이 들리는 것 같은 불안감에 휩싸인다.

"여보, 나 돈 좀 줘. 얼마 있어?"

"4, 5엔이나 될지 모르겠어요."

"써도 돼?"

"쓰세요, 대신 조금은 남겨오세요."

"알았어, 아홉 시쯤엔 돌아올게."

나는 아내에게서 돈지갑을 받고는 밖으로 나간다. 어느새 날이 저물었다. 삼목 숲에 안개가 엷게 끼었다.

미다카 역 부근의 초밥집에 들어갔다.

"술 좀 줘요."

이게 무슨 놈의 말인가. '술 좀 줘요'라니, 얼마나 진부하고 천편일률적인 표현이란 말인가. 난 지금까지 이 말을 수백 번, 아니 수천 번은 되뇌었을 것이다. 무지하고도 불편한 말이다. 지금 같은 세상에서 '괴로워 죽겠어' 같은 말이나 지껄이며 술을 퍼마시고는 혼자 심각해져 우쭐거리는 젊은이가 있다면 나는 놈을 두들겨 패줄 것이다. 주저 않고 후려갈기겠다. 그러나 지금의 나는 그런 청년과 무엇이 다른가. 똑같지 않은가. 나잇살이나 먹었기 때문에 더 불결한 것 아닌가.

나는 심각한 표정으로 술을 마신다. 지금까지 수천, 수만 병을 마셔왔다. 마시기 싫다, 지겹다 하면서도 계속 마셔댄다. 나는 술이 정말로 싫은 것이다. 단 한 번도 맛있다고 생각하면서 마셔본 기억이 없다. 씁쓸하기만 하다. 마시고 싶지 않다. 나는 음주가 죄악이라고 생각한다. 악덕임에 틀림없다. 그러나 술은 나를 구원해주었다.

나는 그것을 잊지 않고 있다. 나는 악의 덩어리이므로 독을 독으로 제어하는 형편이라고 해야 될지도 모르겠다. 술은 발광하려는 나를 억눌러주었다.

내가 자살하려던 것을 막아주었다. 술에 취해 정신이 몽롱해진 후에야 비로소 친구들과 정상적으로 대화가 가능한 나는 비굴하고 나약한 인간이다.

조금씩 취기가 돌기 시작한다. 초밥집 여종업원은 올해 스물일곱이 되었다. 결혼했다가 이혼하고 여기서 일하게 됐다고 들었다.

"아저씨."

내가 앉아 있는 테이블로 다가오며 나직이 부른다. 사뭇 진지한 표정이다.

"이상하게 들리실지도 모르겠는데요…."

그리고는 카운터 쪽을 흘끗 살펴보곤 목소리를 낮추며,

"저어, 아저씨 지인분들 중에 저 같은 여자라도 데려가주실 분 안 계실까요?"

나는 여종업원 얼굴을 찬찬히 살펴보았다. 역시나 진지한 표정이다. 착실한 여자이니 나를 조롱하려고 일부러 꺼낸 말은 아닐 것이다.

"글쎄요…."

나도 진지하게 대답하지 않을 수 없다.

"좋은 사람이야 있겠지만 내가 어디 그런 사람을 알고 있어야 말이지."

"그러실 수도 있는데 흉허물 없는 손님들한테 우선 부탁이라도 해두려고요."

"거 참."

나도 모르게 빙그레 웃음이 나왔다. 여종업원도 살짝 웃으면서,

"점점 더 나이는 먹어가고, 처음이 아니어서 조금 나이든 영감님이라도 괜찮아요. 좋은 자리를 바라는 건 아니에요."

"하지만 아는 사람이 있어야지."

"급한 건 아니니까 알고만 계시면 돼요. 저, 명함 한 장 드릴게요."

소매에서 허둥거리며 작은 명함 한 장을 꺼냈다.

"명함 뒤에 보시면 제 주소가 적혀 있어요. 적당한 분 계시면 꼭 좀 연락 주실래요? 아이가 몇 있더라도 상관없어요."

나는 아무 말도 하지 않고 명함을 받아 소매 속에 넣

었다.

"알아는 보겠는데 약속은 못해줘요."

초밥집을 나와 집으로 가는 내내 이상하다는 생각이 들었다. 현대의 풍조가 어떤 것인지 한 단면을 본 것 같기도 했다. 모든 상황이 뻔뻔스럽게 돌아가는 세기이다. 집에 돌아와서는 다시 벙어리가 된다. 조금은 가벼워진 지갑을 아내에게 잠자코 건네며 무슨 말이든 해보려고 했지만 말이 나오지 않는다. 차를 마시며 석간을 읽었다.

"여보, 숯(목탄) 남은 거 있어? 전국에 곧 동이 날 거라는데."

"괜히 신문에서 떠들어대는 거예요. 동이 나면 동이 나는 대로 어떻게 되겠죠."

"그럴까? 여보, 나 자리 좀 펴줘. 오늘 밤엔 일 안하고 그냥 잘래."

그새 술이 깬다.

술이 깨면 여간해서는 잠들지 못한다. 털썩, 자리에 누워 다시 석간을 펼쳐든다. 신문 가득히 비굴하게 웃음 띤 얼굴들이 수없이 나타났다가는 눈 깜짝할 사이에 사라져버린다. '다들 비굴한 걸까' 혼자 생각에 잠긴다. 다들 자신이 없는 건지도 모르겠다는 생각이 들었다. 석간을 팽개치고 양손으로 눈알을 찌그러뜨리려는 것처럼 세게 눌렀다. 잠시 그렇게 누르고 있으면 스르르 잠이 온다는 미신을 믿고 있다. 역시 나는 거리의 악사였다. 꼴꼴이 사납지만 나의 바이올린을 계속 연주하는 수밖에 없다. '기다린다' 라는 말이 갑자기 환하게 밝아오면서 이마 위에 새겨졌다. 무엇을 기다리는가. 나는 모른다. 하지만 이 말은 귀한 말이다. 벙어리인 갈매기는 '기다림' 은 소중한 것이라고 생각하며 오늘도 소리 없이 떠돈다.

산화

옥쇄(玉碎)라는 제목이 떠올라서 원고지에 '옥쇄'라고 적어봤지만, 옥쇄라는 말은 너무나도 아름다운 단어여서 어설픈 내 소설 따위의 제목으로 쓰기에는 황송한 생각이 들어 '산화(散華)'라고 고쳐 썼다. 옥쇄란, 전지(戰地)를 사수하다 전원이 사망한 것을 뜻하는 너무나도 숭고한 말이다.

금년(1944년)에 나는 두 명의 젊은 친구와 작별했다. 초봄에 미쓰이 군이 죽었다. 그리고 5월에는 미다 군이 북방 고도에서 옥쇄했다. 미쓰이 군과 미다 군 모두 26, 7세밖에 안 된 젊은 나이로 알고 있다.

미쓰이 군은 소설을 썼다. 소설 하나를 완성할 때마다 그는 원고를 가지고 기세 좋게 우리 집에 찾아왔다. 작품을 들고 올 때만 시끄럽게 현관문을 열고 들어선다. 작품을 완성하지 못했을 때는 현관문을 살그머니 열고 들어온다. 그래서 미쓰이 군이 우리 집 현관문을 시끄럽게 열고 들어올 때면 '아, 미쓰이 군이 소설 하나를 또 완성했구나' 하는 것을 금방 알게 된다. 미쓰이 군의 소설은 군데군데 맑고 아름다운 데가 있었다. 그러나 전체적으로 힘이 부족해 좋다고는 생각되지 않았다. 척주가 빠져버린 것 같은 소설이었다. 나는 늘 그게 못마땅해 작품평이 야박했고, 그는 결국 죽을 때까지 내 입에서 칭찬 한 마디 들어보지 못하게 됐다. 그는 폐가 안 좋았던 모양이다. 하지만 미쓰이 군은 나에게 그런 이야기를 해주지 않았다.

"혹시 저한테 무슨 냄새가 나지는 않으세요?"

어느 날 갑자기 이렇게 물어본 적이 있다.

"고약한 냄새가 나지요?"

그날 미쓰이 군이 내 방에 들어섰을 때부터 역겨운 냄새가 나기는 했다.

"잘 모르겠는데…."

"그렇습니까? 정말 아무 냄새도 안 난다구요?"

고약한 냄새가 난다는 말을 차마 할 수가 없었다.

"며칠 전부터 마늘을 먹고 있어요. 냄새가 심하면 그
냥 돌아가겠습니다."

"아냐, 하나도 안 난다니까."

그제야 미쓰이 군의 건강이 몹시 안 좋다는 것을 알았
다.

"미쓰이는 특별히 건강부터 챙겨야겠어. 의욕만 가지
고 좋은 작품을 쓸 수 있는 건 아니잖아. 우선은 자기 몸
부터 건강하게 돌본 다음에 소설을 쓰든 뭘 하든 해야 될
것 아닌가."라는 말을 미쓰이 군 친구에게 부탁해 그에게
전해달라고 한 적이 있다. 미쓰이 군의 친구는 내가 부탁
한 말을 곧바로 미쓰이 군에게 전했다. 그 뒤로 미쓰이
군은 더 이상 우리 집에 찾아오지 않았다.

그렇게 발을 끊은 지 석 달 만에 미쓰이 군이 죽었다.
나는 미쓰이 군의 친구가 보내온 엽서를 받아본 후에야
그가 죽었음을 알게 되었다. 이런 시대(태평양 전쟁이 발
발한 시대)에 건강이 나빠 군인으로 징병되지도 못한 채
병상에서 숨을 거두는 젊음은 가련할 수밖에 없다. 나중
에 미쓰이 군 친구로부터 들은 얘기인데 미쓰이 군은 병

을 고쳐볼 생각도 하지 않았던 모양이다. 홀어머니를 모시고 쓸쓸히 지내던 미쓰이 군은 병세가 몹시 악화되었을 때도 어머니 몰래 병상을 빠져나와 거리를 돌아다니며 단팥죽 같은 것을 사먹고 돌아오는 날이 많았다는 것이다. 어머니는 무리하는 아들을 조마조마한 심정으로 지켜봤겠지만, 한편으로는 기력이 있어 저렇게 외출도 하는 것 아니겠냐고 안심했다고 한다. 미쓰이 군은 세상을 뜨기 이틀 전까지도 아프지 않은 사람처럼 가벼운 산책을 나섰던 것으로 전해진다. 미쓰이 군의 임종은 비할 데 없이 아름다운 임종이었다. 미쓰이 군은 머리맡에서 바느질을 하시는 어머니와 두런두런 세상 돌아가는 이야기를 주고받았다. 그러다가 갑자기 입을 다물었다. 그것으로 끝이었다.

화창하게 개어 바람이라곤 없는 봄날에 자기 무게를 견딜 수 없었던 벚꽃이 눈보라처럼 흩어져버릴 때가 있다. 커다란 장미꽃 송이를 컵에 담아 책상 위에 놓아두면 어느 날 갑자기 한밤중에 꽃송이가 부서지듯 홀홀 떨어질 때가 있다. 저절로 지는 것이다. 천지가 한숨 쉬는 것과 더불어 꽃송이도 떨어지는 것이다. 나는 하느님이 미쓰이 군을 무척이나 사랑하셨다고 생각한다. 나 같은 인간은 도저히 이해할 수 없는 고귀한 품성을 지녔던 청년이라고 생각한다. 인간에게 최고의 영관(榮冠)은 아름다운 임종이다. 소설을 잘 쓰거나 못 쓰거나 하는 일은 문제가 되지 않는다.

역시 나보다 한참 아래인 또 한 명의 젊은 친구 미다돈시 군은 금년 5월에 참으로 아름답게 옥쇄했다. 미다 군의 죽음에는 산화라는 말이 어울리지 않을 것 같다. 북방의 한 고도에서 훌륭하게 옥쇄함으로써 호국의 신이 되었다.

미다 군이 우리 집에 처음 찾아온 것은 태평양 전쟁이 발발하기 직전인 1940년 늦가을로 기억한다. 도이시 군과 둘이 밤중에 미다카에 있는 초라한 우리 집까지 찾아왔을 것이다. 도이시 군에게 물어보면 확실한 시기를 알수 있겠지만 도이시 군도 이미 징병당한 데다가 바로 얼마 전에,

"미다 군이 옥쇄했음을 야영지에서 알게 된 날 저는 마음이 떨렸습니다. 미다 군답게 전사했다고 생각합니다. 저도 미다 군의 친구답게 미다 군에게 부끄럽지 않은 혁혁한 무훈을 세운 뒤에 선배님을 다시 만나게 되기를 기약하고 있습니다만…" 이런 내용의 편지를 보낸 터라

지금 당장 그에게 미다 군과 나를 찾아온 때를 확인해볼 수도 없는 노릇이다.

우리 집에 처음 찾아왔을 때 미다 군과 도이시 군은 똑같이 도쿄제국대학 국문과에 다니고 있었다. 미다 군은 이와데 현 출신이고 도이시 군은 센다이 출신인데 둘 다 제2 고등학교를 졸업했다. 4년이나 지난 일이어서 기억이 분명치 않지만 어느 늦가을(초겨울이었는지도 모른다.) 날 밤에 두 사람이 함께 찾아왔고, 그날 도이시 군은 내 맞은편에, 미다 군은 내 왼쪽에 앉았던 것으로 기억한다.

그날 밤 화제는 새로운 문학 형식에 관한 문학론이었고, 주로 도이시 군이 나에게 질문을 던졌다. 도이시 군과 내가 한창 토론하고 있을 때 미다 군은 곁에서 조용히 미소를 지으며 듣기만 했다. 그러면서 미다 군은 내가 소견을 개진할 때 간간히 고개를 끄덕이곤 하는 것이었는데, 그가 그렇게 고개를 끄덕이는 것은 내 깐에 꽤나 중요하다 싶은 얘기를 꺼낼 때여서 도이시 군을 쳐다보며 말하는 중에도 옆에 앉아 있는 미다 군에게 더 관심이 갔다. 인간에겐 도이시 군과 미다 군 같은 두 가지 형태가 있는 것 같다. 두 사람이 함께 우리 집을 방문했을 때 한 명은 어리석은 질문을 쏟아내어 내가 그런 말도 안 되는 질문에 웃음이 터져 자기를 놀리며 즐거워하게끔 만들어 여럿이 모인 자리가 서먹해지지 않도록 최선을 다했고, 다른 한 명은 그저 잠자코 내가 하는 말에 귀를 기울이기만 할 뿐이었다. 어리석은 질문은 그가 어리석은 자였기 때문이 아니다. 그는 자신이 던지는 질문의 속되고 진부한, 어떤 면에서는 추태라고 할 수 있는 속성들을 잘 알고 있었다.

질문이란 원래 우문(愚問)인 경우가 많은데, 그럼에도 선배가 살고 있는 집까지 쳐들어가 선배에게 매서운 질문을 퍼부어대 선배를 망신주려고 벼르는 자야말로 멍청이 아니면 미치광이에 해당된다. 비위에 거슬리는 행위라고 하겠다. 일부러 우문을 던지는 사람이야말로 좌중을 위해 희생양이 되겠다는 각오로 바보 같은 질문을 떠들어대 자리를 즐겁게 만들려고 노력하는 것이다.

두 사람이 함께 찾아올 때면 그중 한 명은 자진해서 좌중의 희생자가 되려고 노력했다. 이때 희생자는 대체로 잘생긴 사람이 맡는다. 도이시 군도 예외는 아니어서 그 역시 미남자였다. 언젠가 도이시 군이 진지한 표정으로 내게 말했다.

"얼굴이 곱게 생겼다는 건 불행이에요."

나는 '풋' 하고 웃음을 터뜨렸다. 어처구니가 없는 친구라고 생각했다. 도이시 군은 검도 3단에 키가 6척에 달하는 거인이다. 나는 그의 덩치가 너무 커서 속으로 은근히 동정하고 있었다. 군대에 가도 맞는 옷을 찾기 힘들 것 같고, 아무래도 남들 눈에 잘 띄는 큰 몸집이다 보니 공연히 조롱 거리가 되거나, 아무튼 이런저런 이유로 남보다 더 고생하게 되는 건 아닌지 걱정스러웠는데 다행히도 그가 보낸 편지에는,

"우리 부대에 저보다 키가 큰 사람이 두서너 명 더 있습니다. 하지만 스마트하다는 말을 듣기 위해서는 키가 6척을 넘어서는 안 된다는 것을 깨달았습니다."

6척에 조금 못 미치는 자신이야말로 스마트한 청년 아니겠느냐는 자랑이 실없게 실려 있었다. 미남인 그는 군에 소집되기 전에도,

"제 얼굴에도 결점은 있지요. 단지 아무도 그 결점을 찾아내지 못하는 것뿐이에요."

라는 농담으로 자리를 흥겹게 만들어주곤 했었다.

도이시 군이 마음속으로도 정말 우쭐거리고 있었는지는 잘 모르겠다. 내 생각엔 잘난 척을 했던 것이 아니

라 분위기가 멋없이 맨숭맨숭해지는 것을 막으려고 희생정신을 발휘해 일부러 익살을 떨었던 것으로 생각된다.

쾌활하고 애교가 넘치는 도이시 군과 다르게 미다 군은 수수했다. 대부분의 문과 학생들이 머리를 길게 기르고 다니는 데 반해 처음 봤을 때부터 미다 군은 빡빡머리였다. 철 테로 된 안경을 쓰고 있었던 걸로 기억한다. 머리통이 크고 이마가 튀어나온 데다가 눈빛이 강렬해서 흔히 말하는 '철학자' 풍모였다. 자기가 먼저 무슨 말을 꺼내거나 하는 일은 거의 없었다. 하지만 남의 말을 이해하는 것은 빨랐다. 도이시 군과 같이 찾아올 때도 있었고 비를 흠뻑 맞아가며 혼자 오는 날도 있었다. 언젠가는 다른 고교 출신의 대학생을 데리고 찾아온 적도 있었다. 우리는 미다카 역전 근처 꼬치안주를 파는 가게에서 자주 술을 마셨다. 미다 군은 술도 얌전히 마셨다. 술자리에서도 도이시 군이 제일 떠들썩하게 말이 많았다.

그런데 도이시 군은 미다 군을 상대하기가 어려웠던 모양이다. 미다 군은 도이시 군과 단둘이 있을 때면 더듬거리는 말투로 도이시 군의 정신이 늘어져 있다고 지적하면서 매사에 좀 더 진지한 태도를 가질 수 없느냐고 공박하는 것 같았다. 그 때문에 검도 3단인 도이시 군도 미다 군에겐 두 손 다 들었다고 나에게 고민을 털어놓는 것이었다.

"미다 군은 너무 진실 일변도여서 저로서는 어떻게 해볼 도리가 없어요. 또 그 친구가 하는 말은 전부 지당한 말씀이다 보니 더군다나 꼼짝 못하게 되는 거죠. 전 그 친구랑 같이 있으면 어떻게 해야 좋을지를 잘 모르겠어요."

6척 가까운 대장부가 울상을 짓고 이렇게 말했다. 나는 이유가 무엇이든 몰리는 쪽을 편들지 않고는 못 배기는 버릇을 가지고 있다. 어느 날 미다 군에게 말했다.

"인간은 어디까지나 진실하고 진실해지는 것이 옳다. 하지만 실없이 싱글싱글 웃기를 잘한다고 해서 그런 사람을 불성실한 인간으로 여기는 것도 잘못이다."

미다 군은 내 말뜻을 알아차린 것 같았다. 그 후로 미다 군이 나를 찾아오는 횟수가 뜸해졌다. 그러던 어느 날 미다 군이 몸 상태가 안 좋아 입원했다는 얘기가 들렸다.

"무척 고통스럽습니다. 아무 말씀이고 격려 말씀 바랍니다."

라는 내용의 엽서를 몇 번인가 받았다.

하지만 나는 '격려 말씀'이니 하는 위로의 말을 바란

다는 그런 청을 정면에서 받으면 부끄러워서라도 횡설수설 종잡을 수 없는 말을 지껄이게 되는 성격이어서 그때도 '훌륭한 말씀' 한마디 못해주고 몹시 미온적인 답장만 보냈다.

어지간히 건강이 회복되자 미다 군은 그가 묵고 있는 하숙집 근처 야마기시 씨 댁에 출입하며 열심히 시를 공부하기 시작한 것으로 보였다. 야마기시 씨는 내 선배이기도 한 독실한 문학자로 미다 군만이 아니라 다른 몇몇 학생들에게도 시와 소설 작법을 지도하고 있다는 얘기를 들었다. 야마기시 씨의 가르침을 받아 시집을 펴낸 후 세상의 평가를 받고 있는 시인이 두서너 명은 된다는 이야기도 들은 바 있었다.

"미다 군은 어때요?"

그 무렵 나는 야마기시 씨에게 넌지시 물어보았다.

야마기시 씨는 잠시 생각에 잠기더니 이렇게 대답하는 것이었다.

"시가 좋아. 제일 나은 것 같아."

그럴 리가 없는데…, 나는 속으로 고개를 흔들면서도 한편으로는 부끄러워졌다. 나에겐 미다 군을 보는 안목이 부족했다는 생각이 들어서다. 나의 속물 근성 때문에 미다 군의 시 세계를 잘못 파악했던 것이라고 생각했다. 미다 군이 우리 집으로 나를 찾아오는 대신 야마기시 씨 댁을 출입하게 된 것은 미다 군을 위해서도 정말 잘된 일이라고 생각했다.

미다 군은 우리 집에 다닐 때도 야마기시 씨에게 보인 작품 중 몇 편을 나에게 보여줬었는데, 나는 별로 탐탁찮게 생각했었다. 도이시 군은 몹시 감격하며,

"미다 군의 이번 시는 정말 걸작입니다. 한 번 찬찬히 읽어봐주세요."

마치 자기가 쓰기라도 한 것처럼 요란스레 칭찬하는 것이었지만, 나는 그 시가 걸작이라는 생각은 해보지 않았다. 그렇다고 결코 저질의 시는 아니었다. 하지만 나는 그 시에 불만이 많았다.

나는 끝까지 칭찬해주지 않았다.

어쩌면 내가 시라는 장르를 잘 모르고 있었는지도 모른다. 미다 군의 시가 '제일 나은 것 같다'면서 야마기시 씨가 미다 군의 시에 후한 점수를 매겼을 때 나는 미다 군이 그 뒤에 쓴 시를 한 번 읽어보고 싶어졌다. 미다 군의 기량이 내가 모르는 사이에 야마기시 씨의 지도로 상당히 향상된 것이려니 생각했다.

그런데 내가 미다 군이 새로 쓴 작품을 구해서 읽어보기도 전에 미다 군은 대학을 졸업하고 곧바로 출정해버린 것이다.

　　지금 내 앞에는 출정한 미다 군이 보낸 편지 네 통이 놓여 있다. 네 통 외에도 두서너 통 더 있었겠지만 제대로 보관하지 못하는 성미여서 책상 서랍에서 네 통이나 나왔다는 것만으로도 신기하다. 나머지 두서너 통은 영원히 잃어버린 것으로 체념하는 수밖에 없다.

　　다자이 선배님, 건강하신지요.
　　아무 생각도 나질 않습니다.
　　세월은 무심히 흘러
　　이제 군인 1학년생.
　　당분간 '시'는
　　머릿속에서
　　태동하지 못할 듯싶습니다.
　　도쿄의 하늘은?

　　편지 네 통 중에 제일 먼저 보낸 편지였을 것이다. 이때까지만 해도 미다 군은 아직 훈련을 받고 있었던 것으

로 생각된다. 어쩐지 더듬더듬 응석부리는 것 같은 글투
였다. 야마기시 씨가 '제일 나은 것 같다'고 마음속으로
꼽던 친구 아닌가. 그렇다면 편지 한 통을 쓰더라도 뭔
가 다르게 쓸 법도 한데, 라고 아쉬워했다. 나는 손아래
친구들과 나이에 구애받지 않고 두루 친하게 지내왔다.
연하라서 특별히 잘 돌봐준다든가, 귀여워해준다든가 하
는 짓을 나는 못한다. 누구를 귀엽게 여길 마음의 여유가
없어서다. 나는 연상연하를 따지지 않고 구별 없이 모든
친구를 존경하고 싶었다. 존경하는 마음을 가득 담아 사
귀고 싶었다. 그래서 나는 연하의 친구에게도 툭하면 불
만을 터뜨리곤 했다. 촌뜨기처럼 도량이 좁아서 그런 건
지도 모른다. 나는 때 묻지 않은 미다 군의 순진한 편지
를 사랑해줄 수가 없었다. 그 뒤 얼마 안 되어 편지 한 통
이 또 날라왔다. 그 편지도 원대에서 부친 편지였다.

　　오랫동안 격조했습니다.
　　변함없이 건강하신지요.
　　정말이지 저는
　　아무것도 갖고 있지 않습니다.
　　울고 싶기도 하고,

하지만 굳게 믿고
꿋꿋이 나아가고 있습니다.

지난번 편지에 비하면 고뇌에 차 있는, 뭔가 충족된 느낌을 주는 내용이다. 나는 미다 군에게 성원을 보냈다. 하지만 아직은 미다 군을 일본 제일의 남아로는 생각하지 않았다. 이윽고 편지 한 통을 또 받았다.

다자이 선배님, 건강하신지요.
저도 건강합니다.
좀 더 힘써야만 되겠습니다.
건강에 유의하시고
분투하시길 빕니다.
이 뒤는 블랭크.

이렇게 베끼고 있자니 나도 모르게 한숨이 나온다. 가련한 편지다. '좀 더 힘써야만 되겠습니다' 라는 말은 미디 군 자신에게 하는 말이겠지만, 나를 가리켜 하는 말 같기도 해서 어쩐지 낯간지럽다. '건강하신지요. 저노 건강합니다' 라는 말 외에는 딱히 할 말이 없었던 것 같다.

순수한 충동 없이는 단 한 줄의 문장도 쓰지 못하는 이른바 '시인 기질'이라는 것이 분명하게 드러나고 있다.

하지만 나는 이상과 같은 편지 세 통을 소개하려고 '산화'라는 제목으로 소설을 쓰고 있는 것은 아니다. 처음부터 내 의도는 단 하나였다.

마지막 편지 한 통을 받았을 때의 감동을 표현하고 싶었던 것이다. 그것은 북해 파견 ○○부대에서 쓴 편지였는데, 그 편지를 받았을 때 나는 그 ○○부대가 아쓰 섬을 수비한 부대(제2차 세계대전 당시 일본군 수비대 2500명이 몰살되어 유명해진 부대―역주)라는 것을 알지 못했다. 설령 알았다고 해도 그 부대 전원이 그 뒤에 옥쇄하게 되리라는 것을 예감할 수도 없는 노릇이었으니 ○○부대라는 이름을 듣고도 아무 감정이 없었던 게 당연하다. 나는 오직 미다 군이 보낸 편지를 읽고 감동했을 뿐이다.

건강하신지요.

먼 하늘에서 문안드립니다.

무사히 임지에 도착했습니다.

위대한 문학을 위해

죽어주십시오.

저도 죽습니다.

이 전쟁 때문에.

'죽어주십시오'라는 미다 군의 한 마디가 존귀하고, 고맙고, 기뻐서 나는 어쩔 줄을 몰랐다. 이런 표현은 일본 제일의 남아가 아니고서는 할 수 없는 말이라고 생각했다.

"미다 군에겐 역시 훌륭한 구석이 있더군요. 정말 좋은 데가 있어요."

나는 야마기시 씨에게 나의 어리석음을 사죄하고 싶었다. 새로운 마음으로 야마기시 씨와 악수하고 싶은 심정이었다.

시를 잘 모른다고 말했지만, 아무리 그래도 나 역시 참 문장을 추구하며 세월을 보내고 있는 사나이였다. 완전한 문맹과는 다르다. 야마기시 씨가 "미다 군의 시가 제일 나은 것 같다"고 말했을 때도 나의 무지를 부끄러워하는 한편으로 마음 한구석에서는 '그럴 리가 없는데…' 하고 고개를 갸우뚱거렸던 것이다. 나는 촌놈처럼 고집센 일면이 있는 모양이다. 눈앞에 명확한 증거가 제시되지 않는 한, 여간해서는 타인을 믿지 못한다. 예수의 부활을 끝까지 믿지 못했던 도마와 비슷한 구석이 있다. 이래서야 되겠는가. 예수가 부활 후 제자들 앞에 나타났을 때 도마는 마침 그 자리에 없었다. 그래서 제자들이 도마에게 "우리가 주를 보았노라."고 알려주자 도마가 말하기를 "내가 그 손의 못자국을 보며 내 손가락을 그 못자국에 넣으며 내 손을 그 옆구리에 넣어보지 않고는 믿지 아니하겠노라."라고 대답했던 것이다. 이런 고집은 어디다 쓸 데도 없는 고집이다. 나야 뭐 설마하니 도마처럼 철저한 고집불통은 아니겠지만, 앞으로 나이를 더 먹으면 쓸데없이 고집을 부리려는 소질이 조금씩 나타나고 있는 것처럼 보이기는 한다. 나는 미다 군의 시가 제일 낫다는 야마기시 씨의 판정을 고분고분 받아들이지 못했다. '그럴 리가 없는데…' 라면서 못 미더워했다.

하지만 '죽어주십시오' 라고 쓴 편지를 받았을 때는 시원한 산들바람이 한바탕 불어닥치며 내 가슴속을 누비고 지나가는 느낌을 받았다.

너무나도 기뻤다. 더없이 훌륭한 말이라고 생각했다. 전지에 나가 있는 친구들로부터 많은 편지를 받고 있었지만 나보고 '죽어주십시오' 라는 말을 거리끼지 않고 쓴 사람은 미다 군 한 명뿐이었다. 여간해서는 하기 어려운 말이다. 어떻게 생각하면 무례하기 짝이 없는 이런 말을 자연스럽게 쓸 수 있는 미다 군은 이제 일류 시인 버금가는 자격을 얻은 것이라고 생각했다. 나는 시인이라는 사람들을 존경한다. 순수한 시인은 천사와 똑같다고 믿고 있다. 그래서 나는 이 세상 시인들에게 기대가 크고, 그렇기 때문에 자주 실망하고 있다. 천사가 아닌 주제에 천사를 자칭하며 거드름을 피우는 이상한 인간들이 너무 많아서다. 하지만 미다 군은 다르다. 야마기시 씨 말마따나 '가장 좋은 시인' 중 하나라고 나는 확신했다. 미다 군에게 이토록 아름다운 편지를 쓰게 만든 것은 무엇이었을까. 이를 분명히 알게 된 것은 훨씬 나중의 일이다. 그때는 단지 야마기시 씨의 의견에 진심으로 승복할 수 있게 되어 기쁘기만 했다.

"미다 군은 됐어요. 정말 좋아요."

나는 야마기시 씨에게 고백했고, 이 고백은 야마기시 씨에게 일종의 화해를 제안하는 것이기도 했다. 이 세상에서 화해하는 것보다 마음을 더 기쁘게 만들어주는 일은 드물다. 나는 야마기시 씨와 마찬가지로 미다 군을 '제일 좋은' 시인이라고 확신했고, 그래서 미래에 그가 이룩할 시업(詩業)에 큰 기대를 걸게 되었는데, 미다 군의 작품은 내가 예상하지 못한 형태로 훌륭하게 완성되었다. 아쓰 섬에서 옥쇄한 것이다.

건강하신지요.
먼 하늘에서 문안드립니다.
무사히 임지에 도착했습니다.
위대한 문학을 위해
죽어주십시오.
저도 죽습니다.
이 전쟁 때문에.

다시금 미다 군의 편지를 옮겨본다. 임지에 첫발을 디뎠을 때부터 이미 죽음을 각오했던 것 같다. 자신을 위한 죽음이 아니다. 숭고한 헌신을 위한 각오였다. 이처럼 엄숙한 결심을 내린 사람은 까다로운 이치나 이유를 붙이려고 하지 않는다. 격렬한 말투도 쓰지 않는다. 항상 밝고 단순하게 표현한다. 몇 년이고 되풀이해 읽는 동안 나는 미다 군의 이 짧은 편지야말로 최고의 시로 꼽고 싶어졌다. 아쓰 섬에서의 옥쇄 소식을 듣지 않았더라도 이 편지만으로 연하의 친구를 마음속 깊이 존경할 수 있게 되었다. 순수한 헌신을 세상에서 가장 아름다운 정신으로 동경하며 헌신을 위해 노력했다는 점에서 병사나 시인이나, 아니면 나처럼 보잘것없는 작가나 다를 게 없다.

금년(1943년) 5월 말에 라디오에서 아쓰 섬의 옥쇄 뉴스를 들으면서도 설마하니 미다 군도 옥쇄하여 호국의 신이 되었으리라고는 생각하지 못했다. 미다 군이 어디서 싸우고 있는지도 나는 몰랐던 것이다.

아마도 8월 말이었을 것이다. 아쓰 섬에서 장렬하게 옥쇄한 2천여 명 병사들의 이름이 신문에 보도되어 그 이름들을 차례로 훑어 내려가던 중에 우연히 미다 돈시라는 이름을 발견했다. 미다 군의 이름을 일부러 찾아본 것은 절대로 아니었다. 옥쇄한 병사들의 이름을 천천히 읽어 내려갔을 뿐이다. 그러다가 우연히 미다 돈시라는 이름을 발견하고는 깜짝 놀랐는데, 곧바로 옥쇄한 병사들 명단에 그의 이름이 실려 있는 것이 아주 자연스럽게 느껴졌다. 처음부터 미다 돈시라는 이름을 찾고 있었던 게 아닌가, 착각이 들 정도였다. 아내를 불러 알려주었다. 아내는 얼굴색이 달라지며 충격을 받았고, 나는 '역시 그랬구나' 생각하며 고개가 저절로 끄덕여졌다.

하지만 그날은 정말이지 마음이 산란해서 견딜 수가 없었다. 나는 야마기시 씨에게 엽서를 보냈다.

"미다 군도 아쓰 섬에서 옥쇄했음을 방금 신문을 읽고 알게 되었습니다. 미다 군을 추억하기 위해 무슨 좋은 계획이라도 있으시면 알려주시기를 부탁드립니다."라는 내용의 편지였던 것으로 기억한다.

이틀 후 야마기시 씨로부터 답장이 도착했다. 야마기시 씨도 미다 군의 아쓰 섬 옥쇄를 그날 신문을 통해 알게 된 것 같았다. 그는 미다 군의 유고를 정리해서 출판할 계획이니 훗날 여러 가지로 함께 상의하자고 제안했다.

"유고집 표제는 '북극성'이라는 제목이 어떨는지요. 소생은 미다와 어느 날 밤에 대화를 나눴던 북극성에 관해 뭔가를 쓰고 싶은 마음이 듭니다."라는 글이 엽서에 적혀 있었다.

얼마 후 야마기시 씨는 눈이 크고 키가 큰 청년을 데리고 우리 집에 찾아왔다. 미다 군의 동생이라고 야마기시 씨가 소개해주었다. 우리는 서로 인사를 나눴다. 역시 비슷했다. 힘없이 미소 짓는 모습이 형을 꼭 닮았다는 생각이 들었다.

나는 동생에게서 선물을 받았다. 오동나무로 만든 나막

신과 사과 한 상자였다. 야마기시 씨가 한 말씀 거들었다.

"나도 사과랑 나막신을 받았네. 사과는 맛이 조금 시큼하니 이틀쯤 지나서 먹는 게 좋을 걸세. 나막신은 똑같이 오동나무로 만든 것을 한 켤레씩 받은 거야. 기분 좋은 선물이지?"

동생은 유고집을 상의하고도 싶고, 또 우리와 함께 형을 그리워하며 형에 관한 이야기를 나누려고 상경했다고 했다. 우리 집에서 세 사람이 유고집 간행 문제를 놓고 상의했다.

"시를 모두 싣는 건가요?"

야마기시 씨에게 물어보았다.

"그래야지."

"초기 작품은 그렇게 좋아 보이지 않던데요."

나는 그의 초기 작품을 걸고 넘어졌다. 아무래도 마음에 들지 않았던 것이다. 예의 그 고집이 또다시 고개를 들었다고나 할까.

"그런 말을 해본들…."

야마기시 씨는 쓴웃음을 짓다가 이내 현명하게 알아차린 듯,

"이거야 원 다자이보다 먼저 죽을 순 없겠군. 내가 죽

은 후 다자이가 내 작품을 가지고 남들에게 뭐라고 악평할지 모르니…."

나는 권두 제1페이지에 미다 군의 그 편지가 큼직한 활자로 실리기를 바랐던 것이다. 나머지 시는 작은 활자로 실려도 좋았다. 그만큼 그 편지의 구절구절이 마음에 들었다.

건강하신지요.

먼 하늘에서 문안드립니다.

무사히 임지에 도착했습니다.

위대한 문학을 위해

죽어주십시오.

저도 죽습니다.

이 전쟁 때문에.

수치

기쿠코 씨, 난 망신을 당했어요. 그것도 아주 단단히 망신당했어요. 망신도 이런 망신이 없을 거예요. 너무 부끄러워 어디 가서 목놓아 울기라도 했으면 좋겠어요.

기쿠코 씨, 역시 당신 말이 맞았어요. 소설가 따위는 인간이 아니었어요. 인간쓰레기였다구요. 속된 말로 난 진짜 개망신을 당했단 말이에요. 기쿠코 씨, 지금까지 당신한테 말하지 못한 게 있는데 실은 소설가 도다 씨에게 몰래 편지를 보내고 있었어요. 그러다가 결국엔 그를 만났고 아주 창피를 당하고 만 거죠.

처음부터 있었던 일을 모두 털어놓을게요. 9월 초에

나는 혼자 잘난 척하며 도다 씨에게 이런 편지를 보냈답니다.

 죄송합니다. 실례를 무릅쓰고 이렇게 글월을 올리게 되었습니다. 모르긴 해도 아마 귀하에겐 여성 독자가 없을 거라고 생각합니다. 여자들은 대대적으로 광고가 나간 책을 주로 읽거든요. 여자는 남들이 읽으니까 나도 읽어야겠다는 허영심 비슷한 심리로 책을 사서 읽는답니다. 또 여자는 학식을 갖춘 척하는 사람을 덮어놓고 존경하는 경향이 있어요. 하찮은 인생론이나마 펼치는 사람이 있으면 보이는 것 이상으로 과대 평가하려는 경향이 있다는 얘기예요. 죄송한 말씀이지만 귀하는 그런 하찮은 인생론조차 펼쳐 보일 만한, 그 무엇도 가지고 있지 않은 것처럼 보여요. 학식도 거의 없는 것 같아요. 귀하의 소설을 저는 작년 여름부터 읽기 시작해서 귀하가 쓴 소설이란 소설은 이제 거의 다 읽은 셈입니다. 그래서 귀하를 직접 만나본 적이 없음에도 귀하가 처한 상황이라든가, 생김새, 분위기 등을 대충 알고 있는 것이죠. 결론부터 말씀드리면 귀하에겐 절대로 여성 독자가 있을 리 없어요. 나는 그렇게 확신하고 있습니다.

귀하께서는 자신이 지독하게 가난하고 인색하다는 것, 부부싸움, 질병, 볼품없는 용모, 구질구질한 옷차림, 그리고 술을 잔뜩 퍼마시고 취해서 길가에 쓰러져 잠이 들었다든가, 빚만 잔뜩 지고 있다는 이야기말고도 갖가지 불명예스런 일상을 꾸밈없이 고백하고 있습니다. 이렇게 살아서는 곤란합니다. 여자는 본능적으로 청결함을 존경한답니다. 귀하의 소설을 읽고 귀하가 조금 불쌍하다는 생각이 들긴 했지만, 머리 꼭대기가 벗겨지면서 민둥산을 닮아간다느니, 이빨이 흐물흐물 빠지기 시작했다고 토로하는 대목을 읽고 있으면 쓴웃음이 저절로 나오더군요. 죄송한 말씀이지만 당신을 경멸하고 싶어졌답니다. 귀하는 감히 입에 올리기도 민망스런 불결한 곳에 가서 여자랑 지내기도 하는 모양인데, 더는 말할 필요도 없을 듯싶네요. 저만 해도 그런 음란한 대목을 읽을 때면 고약한 악취가 나는 것 같아 코를 쥐고 읽은 적도 있습니다. 여자라면 다들 귀하를 경멸하는 것이 당연합니다. 만에 하나 친구들이 제가 귀하의 소설을 읽고 있다는 사실을 알게 된다면 저를 이상 인격자로 취급하면서 절교하자고 할지도 몰라요. 그리고 친구들은 두고두고 저를 비웃겠지요.

부디 반성하세요. 저는 귀하의 무학과 졸렬한 문장, 그리고 천박한 인격, 분별력이 결여된 행동, 아둔한 머리 등 귀하의 숱한 결점을 알면서도 귀하의 소설 저류에 한 줄기 애수가 흐르고 있다는 걸 발견한 독자입니다. 저는 바로 그 애수를 애석히 여깁니다. 다른 여자들은 모를 거예요. 여자란 처음에 말씀드렸듯이 허영심으로 소설을 읽으니까요. 그래서 피서지 같은 곳에서 벌어진 고상한 사랑 이야기라든가, 사상적인 소설만 읽으려고 들지만, 저는 그런 소설뿐 아니라 귀하의 소설 밑바닥에 깔려 있는 일종의 구슬픈 가락 비슷한 정서도 존귀한 문학 정신으로 믿고 있는 사람입니다. 그러니 제발 이렇게 부탁드릴게요. 보기 흉측한 자기 외모나 과거의 잘못된 행동, 즉 더러운 행위와 졸렬한 문장 등에 절망만 하지 마시고 귀하의 독특한 애수를 좀 더 소중히 간직하면서 건강에 유의하시는 한편으로 철학과 어학을 꾸준히 공부하는 것으로 사상을 길러야 되는 거예요. 귀하만의 애수감이 훗날 철학적으로 정리된다면 귀하의 소설은 지금처럼 난잡해지진 않을 테고, 귀하의 인격 또한 완성되리라고 믿습니다. 그렇게 귀하의 인격이 완성되는 날에 저도 복면을 벗고 저의 주소와 성명을 밝혀 귀하를 만나보고 싶은 생각도 들긴 하지만 지금은 그저 성원을 보내는 것으로 그칠까 합니다.

한 가지 부탁드릴 것이 있습니다. 이 글은 팬레터가 아니에요. 혹시라도 부인에게 이 편지를 보여주면서 나도 이젠 여자 팬이 생겼다느니 하는 채신머리없는 행동은 하지 않기를 당부드립니다.

저 역시 프라이드를 갖고 있으니까요.

기쿠코 씨, 편지 내용은 대충 이랬어요. 귀하, 귀하, 라고 쓰는 것이 어쩐지 어색하기도 했지만, 그렇다고 '당신'이라고 쓰기에는 도다 씨와 나이 차이가 너무 많이 났고, 더구나 당신, 당신 하고 부르면 우리 둘 사이가 굉장히 친밀한 것처럼 느껴지는 기분이 들어서 싫었어요. 막말로 도다 씨가 나잇값도 못하고 나에게 야릇한 감정이라도 품었다간 큰일이잖아요. 그렇다고 '선생님'이라고 불러주기엔 도다 씨를 존경하지도 않고, 또 도다 씨에겐 학문(?)이 없다시피 해서 '선생님'이라고 부르는 건 정말이지 부자연스럽다고 생각하게 된 거죠. 그래서 하는 수 없이 귀하라고 불렀던 건데, 하긴 '귀하'라는 호칭도 이상하긴 마찬가지였네요. 하지만 난 이 편지를 우체통에 넣은 후에도 양심의 가책 같은 건 전혀 느끼지 않았어요. 좋은 일을 한 거라고 생각했어요. 불쌍한 사람에게 조금이나마 힘이 되어주는 건 기분 좋은 일이잖아요. 그럼에도 나는 이 편지에 우리 집 주소나 내 이름은 밝히지 않았어요. 어쩐지 무서웠거든요. 잔뜩 취해서 더러운 옷을 입고 우리 집에 찾아오기라도 한다면 어머니가 얼마나 놀라시겠어요. '돈 좀 빌립시다', 이렇게 협박할지도 모르는 일이고, 하여튼 버릇이 나쁘다고 소문난 분이어서 무슨 고약한 짓을 저지를지 알 수 없는 일이었어요. 나는 영원토록 복면의 여성으로 남으려고 했어요. 하지만 기쿠코 씨, 일이 그렇게 되지를 않았어요. 그 뒤 한 달이 채 안 돼 도다 씨에게 다시 편지를 보내야만 되는 일이 벌어졌어요. 게다가 이번에는 주소와 이름도 분명히 밝혀야만 했습니다.

기쿠코 씨, 난 불쌍한 여자예요. 도다 씨에게 보낸 두 번째 편지를 여기 옮길 테니 읽어보세요. 어찌 된 영문인지 곧 알게 되시겠지만, 그래도 제발 비웃지는 말아주세요.

…저는 놀랐습니다. 제가 누구라는 걸 어떻게 아셨나

요. 맞아요, 제 이름은 와코가 맞습니다. 그리고 아버지가 교수이고 스물세 살입니다. 정말 기가 막히게 알아맞히셨네요. 이달의 '문학세계'에 발표한 귀하의 신작을 읽고 저는 정말이지 정신이 혼미해졌습니다. 소설가라는 사람은 도무지 빈틈이라곤 없는 사람이구나, 새삼 깨닫게 되었습니다. 무슨 수로 저의 정체를 밝혀내신 건가요. 게다가 제 마음속 깊은 곳에 감춰둔 걱정까지 꿰뚫어 보고 '음란한 상상마저 하게 되었습니다'라니, 이런 식으로 제게 일침을 가한 대목에서는 그만큼 귀하가 경이적인 발전을 이룬 것이라는 생각도 들었습니다. 제가 누구라고 정체를 밝히지 않은 그 복면의 편지가 귀하의 창작욕을 불러일으켰다는 사실이 저로서는 무한히 기쁜 일입니다. 한 여성의 지지가 작가를 이토록 분발시킬 수 있다고는 상상 못했습니다. 전해지는 말에 의하면, 위고와 발자크 같은 대가들도 여성의 지원과 보호를 받으며 수많은 걸작을 발표했다고 하죠. 저도 부족하나마 귀하를 도와드리기로 결심했답니다. 부디 굳게 마음을 다잡아주세요. 자주 편지 드리겠습니다.

이번에 발표하신 귀하의 소설은 여성 심리를 묘사한 대목에서 굉장히 뛰어난 점이 있어 깊이 감탄하기도 했지만 여전히 미흡한 부분이 많은 것도 사실이에요. 저는 젊은 여성이므로 여성 심리에 대해 앞으로 이것저것 가르쳐드릴게요. 귀하는 앞으로 대성할 거예요. 작품도 점점 좋아지고 있어요. 아무쪼록 더 많은 책을 읽어 철학적인 교양도 쌓아나가세요 교양이 부족하면 대작가가 되지 못합니다. 고민거리나 곤란한 일이 생겼을 땐 주저하지 마시고 편지를 써서 알려주세요. 이미 다 알고 계시니 모든 걸 밝히겠습니다. 우리 집 주소와 제 이름은 봉투에 적힌 그대로입니다. 가명이 아니니 안심하세요. 귀하가 훗날 자신의 인격을 완성시키는 날이 온다면 그때 가서 만나기로 하고, 대신 그날이 올 때까지는 편지만 주고받는 것을 이해해주세요. 이번엔 정말이지 놀랐습니다. 제이름까지 용케 알아내셨으니 말이에요. 아마도 귀하는 제 편지를 읽고 큰 소란을 피웠겠지요. 편지에 적힌 소인을 신문사에 다니는 친구들에게 보여주며 어떻게든 단서를 찾아냈고 마침내 제 이름까지 알아내셨을 것으로 짐작되는데, 제 말이 맞죠? 남자들은 여자에게 편지를 받으면 참지 못하고 난리법석을 떠는데 전 그런 걸 아주 싫어해요. 제 이름과 제 나이가 스물셋이라는 것까지 어떻게 알아내셨는지 편지로 꼭 좀 알려주셨으면 합니다.

오래도록 편지 왕래가 있기를 바랄게요. 다음부터는 보다 부드럽게 쓰겠습니다.

기쿠코 씨, 나는 지금 이 편지를 옮겨 쓰면서 여러 번 울 뻔했어요. 온몸에 비지땀이 흐르는 것만 같아요. 내가 잘못 생각했던 거예요. 나에 관한 이야기를 도다 씨는 처음부터 쓴 적이 없었더라고요. 전혀 문제 삼지도 않았던 거죠. 아아, 창피해! 창피해 죽을 것만 같아요. 기쿠코 씨, 제발 나 좀 위로해주세요. 끝까지 얘기해드릴게요.

도다 씨가 이달의 '문학세계'에 발표한 '일곱 가지 푸성귀'라는 단편소설 읽어보셨는지요. 스물세 살 처녀가 사랑을 두려워한 나머지, 그리고 황홀경에 빠지는 게 겁이 나서 돈 많은 육십 먹은 할아버지와 결혼하지만, 결국엔 그런 결혼을 선택한 것이 괴로워 자살한다는 내용이에요. 약간 어둡고 칙칙한 스토리였지만, 도다 씨 특유의 독특한 맛이 풍기는 작품이라고 할 수 있어요. 나는 이 소설을 읽고 이건 틀림없이 나를 모델로 쓴 거라고 생각했어요. 두서너 줄 읽어나가는데 갑자기 그런 느낌이 들어 새파랗게 질려버렸어요. 그럴 수밖에 없는 것이 여주인공 이름이 나하고 똑같은 와코였으니까요. 나이도 스물세 살로 똑같았어요. 아버지가 대학 교수인 것까지 똑같았다구요. 이런 배경 외에 처지나 환경은 전혀 달랐지만, 그래도 이 소설은 내 편지에서 힌트를 얻어 쓴 것이 분명하다고 그렇게 믿어버린 거예요. 그렇게 믿어버렸다가 톡톡히 망신을 당한 거죠.

닷새 후 도다 씨에게서 엽서를 받았는데 엽서에는 이렇게 쓰여 있었답니다.

편지 잘 받아보았습니다. 저를 성원해주셔서 감사드립니다. 지난번에 보내주신 편지도 잘 읽어봤습니다. 저는 지금까지 독자가 보낸 편지를 가족에게 보여주면서 재밌어하는 그런 실례되는 짓을 해본 적이 단 한 번도 없습니다. 또 친구들에게 보여주고 소란을 피운 일도 없습니다. 그 점에 대해서는 안심하셔도 됩니다. 또 제 인격이 완성되었을 때 만나자고 하셨는데, 대체 인간이 어떤 식으로 자기 자신을 완성시킬 수 있는지 의문이군요.

소설가라는 사람들은 역시 '감탄이 나올 만큼 말도 잘하는구나'라고 생각했습니다. 한 대 맞은 것 같은 기분이 들기도 했어요.

그날 하루 종일 멍하니 생각에 잠겨 있다가 이튿날 아침 갑자기 도다 씨를 만나야겠다는 생각이 들었어요. '만나봐야겠다.' '저 사람은 분명 지금 괴로운 거다.' '당장 만나지 않는다면 도다 씨는 다시 타락하게 될지도 모른다.' '도다 씨는 내가 찾아오기만을 기다리는 것이다.' '가서 만나자.' 나는 그 즉시 옷을 갈아입었습니다.

  기쿠코 씨, 칸막이를 세워 여러 집이 함께 살도록 길게 만든 연립주택에 사는 가난한 작가를 만나러 가면서 사치스럽게 몸치장을 할 수는 없는 것 아니겠어요? 그럴 수는 없는 거죠. 어느 여성 단체 간사가 여우 목도리를 두르고 빈민가를 시찰하러 갔다가 문제가 된 사건 있었죠? 조심해야 해요. 도다 씨 소설을 보면 도다 씨는 입을 만한 옷은 고사하고 먼이 밖으로 삐져나온, 솜을 채운 잠옷 하나가 전부인 사람이에요. 게다가 다다미가 흉하게 헤어져 다다미 위에 신문지를 잔뜩 깔고 그 위에 앉아 있다구요. 이렇게 어려운 사람을 찾아가면서 얼마 전에 새로 맞춘 핑크색 드레스라도 입었다간 도다 씨 가족이 얼마나 맥이 풀릴 것이며, 또 얼마나 큰 마음의 상처를 입겠어요. 이건 절대로 용납될 짓이 아니라고 생각했어요. 나는 여학교 시절에 입었던, 지금은 누덕누덕 기운 자국이 잔뜩인 스커트에 역시 옛날에 스키 타러 갔을 때 입었던 노란 재킷을 꺼내 입고 떠날 차비를 마쳤어요. 재킷이 꽤 줄어서 소매가 팔꿈치까지밖에 안 내려오고 소매 끝이 터져 털실이 삐져나왔죠. 허술한 옷차림을 하고 있는 도다 씨를 만나러 가기에는 서로 비슷한 처지로 보일 것 같아 딱이었어요.

도다 씨는 해마다 가을이 되면 각기병으로 고생한다는 걸 소설에서 읽은 적이 있어 내 침대에 깔아놓은 담요 한 장을 보자기에 싸서 가져가기로 했어요. 일할 때 담요로 발이라도 두르게 해주고 싶었거든요. 나는 어머니에게 들킬까봐 몰래 뒷문으로 살그머니 빠져나갔어요. 기쿠코 씨도 알고 계시겠지만 내 앞니 하나가 의치여서 뺐다 꼈다 할 수 있잖아요. 전차 안에서 그 의치를 살짝 빼서 일부러 못생긴 얼굴을 만들었답니다. 도다 씨는 이빨도 여러 개 빠졌고 치아 생김새가 전체적으로 너덜너덜하다는 걸 알고 있어서 도다 씨가 내 앞에서 부끄러워하지 않게 내 이빨도 도다 씨 당신만큼이나 보기 흉하다는 걸 보여주고 싶었던 거예요. 머리카락도 흐트러뜨리고 영락없이 가난한 몰골의 젊은 여자로 꾸몄어요. 약하고 무식한, 그리고 가난한 사람을 위로하러 갈 때는 세심한

데까지 마음을 써줘야 한다고 생각했으니까요.

도다 씨 집은 교외에 있었어요. 국철 전차에서 내려 파출소에 물어봤더니 도다 씨 집을 비교적 쉽게 찾을 수 있었어요. 그런데 기쿠코 씨, 도다 씨 집은 여러 가구가 한데 뭉쳐 살 수 있도록 칸막이를 쳐놓은 그런 연립주택이 아니었어요. 집은 작았지만 청결하게 가꾼 어엿한 단독주택이었어요. 잘 손질된 정원에는 가을 장미가 화사하게 피어있었죠.

모든 게 뜻밖이었어요. 현관문을 열자 신발장 위에 국화꽃을 꽂은 꽃병이 보였어요. 차분하고 품위 있어 보이는 부인이 안에서 나와 인사를 건넸어요. 나는 집을 잘못 찾아온 줄로만 생각했죠.

"저기, 소설 쓰시는 도다 씨 댁 맞나요?"

흠칫거리며 물어봤답니다.

"네."

상냥하게 대답하는 부인의 웃음 띤 얼굴이 눈부시게 아름다웠어요.

"선생님은…."

잉겁결에 선생님이라는 말이 나오더군요.

"선생님은 계신가요?"

나는 도다 씨 서재로 안내되었어요. 착실해 보이는 남자가 책상 앞에 앉아 있었죠. 솜을 채운 실내복을 입고 있기는 하더라구요. 재질이 뭔지는 잘 모르겠는데 짙은 청색이 감도는 윗옷에 검은 바탕 천에 흰색 줄무늬가 하나 들어간 허리띠를 매고 있었어요. 서재 분위기가 꼭 다회(茶會) 하는 방 같았어요. 마루 한편에 한시를 쓴 족자가 걸려있었는데 나는 한 글자도 읽지 못했어요. 대바구니에는 꼿꼿한 담쟁이덩굴이 예쁘게 자라고 있었죠. 모든 것이 소설과는 완전히 달랐어요. 이빨도 빠지지 않았어요. 머리도 벗겨지지 않았고요. 얼굴도 퇴폐적인 분위기와는 거리가 먼 야무진 인상이었어요. 불결한 느낌 따위는 전혀 없었어요. 이런 사람이 하루도 빼먹지 않고 술에 취해 땅바닥에 쓰러져 눕는다니, 믿을 수가 없었어요.

"소설을 읽으면서 느꼈던 것과 직접 뵙고 느낀 점이 많이 다르시네요."

나는 정신을 차리고 말했어요.

"그런가요."

도다 씨는 밋밋하게 대답하더군요. 저에게 관심이 없는 것처럼 보였어요.

"저에 대해 어떻게 아셨나요? 그걸 물어보려고 찾아왔어요."

나는 이런 말로 깎여진 체면을 되살려보려고 했죠.

"지금 뭐라고 하셨나요?"

예상과 다른 반응이었어요.

"제 이름과 주소를 밝히지 않았는데 선생님이 용케 알아내셨잖아요? 저번에 편지 드렸을 때도 이게 궁금해서 편지를 통해 여쭤본 건데요…."

"난 댁에 대해 아는 것이 하나도 없는데요. 묘한 얘기군요."

맑은 눈으로 내 얼굴을 똑바로 응시하면서 빙그레 웃는 것이었습니다.

"어머나!"

나는 당황했어요.

"아니 그럼 편지 받으셨을 때 처음부터 '나에게 해당되는 얘기가 아니니 이런 편지 더 이상 보내지 마십시오'라고 알려주셨어야 하는 거 아니에요? 그런데도 아무 말씀 없으셨다니, 절 바보로 여기셨군요."

나는 울고 싶었어요. 나 혼자 말도 안 되는 속단을 하고 있었던 거예요. 기쿠코 씨, 얼굴이 화끈거린다는 말은 미적지근한 표현이에요. 어디 벌판이라도 뒹굴면서 소리소리 지르고 싶었어요.

"그 편지 돌려주세요. 창피해요."

도다 씨는 진지한 표정으로 고개를 끄덕였어요. 화가 났던 건지도 몰라요. 지독한 여자라며 어처구니가 없다고 생각했을 것 같아요.

"찾아보도록 하죠. 여기저기서 매일 오는 편지들을 일일이 보관해둘 수도 없는 노릇이고 해서 혹시 없어졌을지도 모르겠군요. 나중에 집사람 시켜서 찾아놓겠습니다. 찾는 대로 보내드릴게요. 두 통이었죠?"

"두 통이에요."

나는 그 자리에 쓰러질 것만 같은 기분이었어요.

"이번에 발표한 소설의 여주인공은 그쪽을 모델로 한 것 같다는 말씀이었는데, 내 소설에 모델 같은 건 절대로 없습니다. 모두가 픽션이에요. 처음 보낸 편지를 볼 것 같으면 도대체가…."

여기까지 말하다가 입을 다물고는 고개를 떨어뜨리는 것이었어요.

"제가 사정도 모르고 그런 편지를 써서 정말 죄송해요."

나는 앞니가 빠진 초라한 거렁뱅이 아가씨. 잔뜩 줄어들어 몸에 맞지도 않는 재킷 소맷부리는 다 낡아 갈기갈기 터졌고, 감색 스커트는 누더기처럼 기운 곳투성이다. 나는 지금 머리 꼭대기에서 발톱 끝까지 멸시당하고 있다, 소설가는 악마다! 거짓말쟁이다! 가난하지도 않으면서 극빈자인 척한다, 괜찮게 생긴 얼굴이면서 추하게 생겼다며 동정을 구한다, 공부깨나 했으면서도 무학이라느니 나는 무식하다느니 하며 의뭉을 떤다, 아내를 애지중지 사랑하면서도 매일매일이 부부싸움이라고 거짓말한다, 괴로워할 일도 없는데 고통스럽고 아프다고 엄살이다, 나는 철저하게 속은 것이다…. 말없이 일어나 인사하다가 문득 생각이 나서,

"병환은 좀 어떠세요? 각기병이라고 하셨는데….."

"건강해요."

나는 이런 사람을 위해 담요까지 챙겨왔는데. 다시 가져가야지. 기쿠코 씨, 난 너무 창피해서 돌아오는 길에 담요 보따리를 끌어안고 막 울었어요. 담요 보따리에 얼굴을 파묻고 엉엉 울었어요. 택시 기사에게 "야, 죽으려는 거냐! 정신 차려!"라는 말까지 들었어요.

이틀 후 내가 보낸 편지 두 통이 커다란 봉투에 담겨

등기 우편으로 도착했어요. 그래도 나는 희미하게나마 실낱 같은 희망을 품고 있었죠. 그 커다란 봉투 속에 내가 보낸 편지 두 통 외에도 혹시나 나를 위로해주는 따뜻한 편지가 들어 있지는 않을까. 봉투를 부둥켜안고 기도드린 후 뜯어봤는데 텅 비어 있더군요. 내가 보낸 편지 두 통 말고는 아무것도 들어 있지 않았어요. 편지 뒷면에 장난삼아 몇 자 적어놓지는 않았을까 한 장 한 장 차근차근 살펴봤지만 아무것도 적혀 있지 않았습니다. 너무 창피해요. 십 년은 늙어버린 기분이에요. 소설가는 인간쓰레기예요. 거짓말만 쓰고 있어요. 로맨틱한 구석이라고는 한 군데도 없어요. 번듯한 집을 뒤집어쓰고 지내면서 추레한 옷차림의 앞니 빠진 여자아이를 쌀쌀맞은 눈동자로 내려다보며 배웅도 해주지 않는, 영원토록 타인의 얼굴로 시치미나 떼려 하는 아주 고약한 족속이었답니다.

아버지

이삭이 그 아비 아브라함에게 말하여 가로되 내 아버
지여 하니 그가 가로되 내 아들아 내가 여기 있노라.(창
세기 22장 7절)

의(義)를 위하여 자식을 희생시키는 짓은 이 땅에 인
류가 존재하면서부터 시작되었다. 신앙의 시조로 불리는
아브라함이 신앙의 의를 위해 자기 자식을 죽이려 했음
은 구약성서 창세기에 기록되어 있는 유명한 이야기이
다.

하나님이 아브라함을 시험하시려고 그를 부르시되 아브라함아 하시니

그가 가로되 내가 여기 있나이다

여호와께서 가라사대 네 아들 네 사랑하는 독자 이삭을 데리고 모리아 땅으로 가서 내가 네게 지시하는 한 산 거기서 그를 번제로 드리라

아브라함이 아침에 일찍이 일어나 나귀에 안장을 지우고 두 사환과 그 아들 이삭을 데리고 번제에 쓸 나무를 쪼개어 가지고 떠나 하나님이 자기에게 지시하는 곳으로 가더니, 제 삼일에 아브라함이 눈을 들어 그곳을 멀리 바라본지라

이에 아브라함이 사환에게 이르되 너희는 나귀와 함께 여기서 기다리라. 내가 아이와 함께 저기 가서 경배하고 너희에게로 돌아오리라 하고

아브라함이 이에 번제 나무를 취하여 그 아들 이삭에게 지우고 자기는 불과 칼을 손에 들고 두 사람이 동행하더니

이삭이 그 아비 아브라함에게 말하여 가로되 내 아버지여 하니 그가 가로되 내 아들아 내가 여기 있노라 이삭이 가로되 불과 나무는 있거니와 번제할 어린 양은 어디

있나이까

아브라함이 가로되 아들아 번제할 어린 양은 하나님이 자기를 위하여 친히 준비하시리라 하고 두 사람이 함께 나아가서

하나님이 그에게 지시하신 곳에 이른지라 이에 아브라함이 그곳에 단을 쌓고 나무를 벌여놓고 그 아들 이삭을 결박하여 단나무 위에 놓고

손을 내밀어 칼을 잡고 그 아들을 잡으려 하더니

여호와의 사자가 하늘에서부터 그를 불러 가라사대 아브라함아 아브라함아 하시는지라

아브라함이 가로되 내가 여기 있나이다 하매

사자가 가라사대 그 아이에게 네 손을 대지 말라 아무 일도 그에게 하지 말라 네가 네 아들 네 독자라도 내게 아끼지 아니하였으니 내가 이제야 네가 하나님을 경외하는 줄을 아노라

이삭은 아버지에게 죽임을 당할 뻔했다가 간신히 살아났다고는 해도 아브라함은 신앙의 의인임을 증명하기 위해 빙실임 없이 사랑하는 외아들을 죽이려든 것이 된다.

동서양을 불문하고, 또한 신앙의 대상이 누구인가를 불문하고 의의 세계는 애처롭고도 슬프다.

'사쿠라 소고로(1604~1645) 일대기' 라는 활동사진을 처음 본 것은 내 나이 일곱 살 때였다. 그는 의민(義民)으로서 그 옛날 영주가 부당하게 징수하는 가혹한 세금에 시달리는 촌민들을 구제하고자 당대의 쇼군(일본 무신정권의 수장)에게 영주의 부당한 행위를 직소하려는 뜻을 이루지 못한 채 영주에게 붙잡혀 처자와 함께 책형을 받았다. 책형이란 옛날에 죄인을 나무 기둥에 묶어놓고 찔러 죽이던 형벌을 말한다. 나는 그 활동사진에서 소고로의 유령이 고약한 세금징수관을 괴롭히는 장면, 눈 내리는 날 아버지와 자식들이 작별하는 장면을 지금도 잊지 못한다.

직소해보기로 결심한 소고로가 눈 내리는 날 집을 떠난다. 창밖으로 얼굴을 내민 아이들이 아빠, 아빠 눈물을 흘리며 아버지를 부른다. 소고로는 삿갓으로 얼굴을 가리고 나룻배에 올라탄다. 그 위로 어지럽게 흩날리는 눈발.

일곱 살이었던 나는 그 광경을 보고 눈물을 흘렸는데 울부짖는 아이들을 동정해서가 아니었다. 의를 위해 자식을 버리는 소고로의 고통스런 심중을 헤아려보는 것만으로도 견딜 수가 없어서였다.

그 후로 나는 소고로를 잊어본 적이 없다. 앞으로 내가 살아가는 동안 저 소고로가 자식들과 생이별한 것과 같은 쓰라림을 나 또한 두서너 번은 겪게 될 것만 같은 예감 때문이었다.

지금껏 40년 가까이 살아온 내 인생에서 행복에 대한 예감은 대부분 빗나갔지만, 불길한 예감은 모조리 적중했다. 자식과 생이별하는 상년은 두서너 번으로 그치지 않고 지난 몇 해 동안 거의 하루 걸러 반복되는 광경이 되었다.

나만 없었다면 적어도 내 주위 사람들은 편안하게 살 수 있지 않았을까. 나는 올해(1947년) 서른아홉씩이나 되었는데, 내가 지금까지 글을 써서 벌어들인 수입은 나 혼자 먹고 마시며 놀기 위해 써버린 것이나 다름없다. 먹고 마시고 놀기 위해 다 써버렸다고는 했지만 이런저런 고통에서 벗어나고 싶어 마셨던 홧술이 아니면 악귀 같은 여자들과 옥신각신하는 바람에 돈을 낭비하게 된 것으로 실상은 나 자신에게 하나도 즐거운 일이 아니었다.

어쨌거나 그렇게 돈을 없애버리는 주제에 아내가 조

그마한 살림살이 하나 구해온 걸 보면 그거 얼마 주고 산 거야? 너무 비싼 거 아냐? 잔소리를 해대는 남편이다. 그 래서는 안 된다는 걸 너무나도 잘 알고 있다. 하지만 나 는 이 버릇을 못 고치겠다. 전쟁 전에도 그랬다. 전쟁 중 에도 그랬다. 그리고 전쟁 후에도 그렇다.

나는 태어나서 지금까지 중병에 걸려 있는 상태인지 도 모른다. 태어나자마자 곧바로 사나토리움(결핵 요양 소) 같은 곳에 입원하여 지금까지 계속 요양 생활을 누렸 다고 해도 그 비용을 따져보면 이날까지 내가 마시고 피 워 없앤 담뱃값과 술값의 10분의 1밖에 안 될 것이다. 엄 청나게 돈이 들어가는 환자인 셈이다. 혈족 중에 나 같은 중병 환자가 생겨난 탓에 내 가족들은 모조리 말라깽이 가 되어 나랑 똑같이 수명이 줄어들고 있는 것만 같다. 이것 보라고, 죽으면 그만이야. 시시한 걸 써놓고는 가작 이니 뭐니 하며 남들이 치켜세워주는 말이 듣고 싶어 가 족들의 수명을 깎아먹고 있다니, 당신은 극악무도한 인 간이야. 그냥 죽어버리라구!

부모가 없어도 아이는 자란다고 했다. 내 경우는 아버 지가 있어서 아이가 자라지 못하는 상황이다. 아버지가 자식의 저금통을 꺼내 쓰고 있는 판국이다.

단란한 가정. 나는 왜 이런 행복을 가족들에게 선물하지 못하는 걸까. 가정이 화목해지면 나는 어쩐지 그 좋은 분위기를 도저히 버텨내지 못하는 것이다.

오후 서너 시가 되면 하던 일을 멈추고 자리에서 일어선다. 책상 서랍에서 돈지갑을 꺼내 지갑 속을 슬쩍 들여다본 후 외투 주머니에 넣고 외출한다. 대문 밖에서 조무래기 아이들이 놀고 있다. 그 아이들 중에 내 아이도 껴있다. 아이는 놀다 말고 내 얼굴을 똑바로 올려다본다. 나도 아이 얼굴을 내려다본다. 서로 말이 없다. 가끔은 소매에서 손수건을 꺼내 아이가 흘린 콧물을 닦아주기도 한다. 그리고는 부리나케 걸어가는 것이다. 아이가 먹을 간식 거리, 장난감, 아이 옷, 아이 신발 등 사야 될 것도 많은데 밤새 종이 나부랭이처럼 돈을 써버릴 곳을 찾아 부지런히 걸어가는 것이다. 말하자면 이것이 내가 자식과 생이별하는 장면이다. 집을 나갔다 하면 이틀이고 사흘이고 돌아오지 않을 때도 있다.

아버지는 어딘가에서 의를 위해 놀고 있다. 지옥을 헤매는 심정으로 놀고 있다. 체념한 어머니는 막내아이를 둘러업고 큰아이 손을 이끌고 헌책방에 책을 팔러 나간다. 아버지는 어머니가 쓸 돈을 집에 남겨두고 가는 법이 없다.

그런데 금년 4월이면 아이가 또 태어난다고 한다. 그렇잖아도 얼마 되지도 않은 옷가지들이 전쟁통에 모두 불타버려 이번에 태어날 아이의 배내옷과 이불, 기저귀를 어디서 장만해야 될지 몰라 아내는 한숨만 푹푹 쉬고 있는데, 아무것도 모르는 아버지는 허둥지둥 밖으로 달아나기 일쑤다.

나는 방금 '의를 위해' 놀고 있다고 썼다. 의를 위해서라고? 까불지 마라. 넌 살아갈 자격이 없는 방탕병에 걸린 중환자일 뿐이다. 그런데 의를 위해서라고? 적반하장은 바로 너를 두고 하는 말이다.

금년(1947년) 1월 10일엔 차가운 바람이 심하게 불어댔다.

"오늘은 집에 있어주면 안 돼요?"

아내가 부탁한다.

"왜?"

"쌀 배급이 있을지도 몰라서 그래요."

"나보고 타오라고?"

"아뇨."

아내가 감기에 걸려 이틀 전부터 기침이 심하다는 것

을 알고 있다. 아픈 아내에게 배급 쌀을 짊어지게 하는 것은 잔인한 짓이었지만, 아내 대신 배급 쌀을 타기 위해 줄을 선다는 것은 생각만 해도 귀찮았다.

"괜찮겠어?"

아내에게 물었다.

"괜찮아요. 하지만 아이를 데려갈 수는 없으니 당신이 집에서 애들 좀 봐주세요. 쌀이 꽤 무겁거든요."

아내의 눈가에 눈물이 그렁거렸다.

뱃속에도 아이가 들어 있는데 아이 하나를 등에 업고, 또 한 놈 손을 잡고, 자신은 심하게 기침을 해대면서 한 말이나 되는 쌀을 한쪽 어깨에 메고 온다는 건 너무나 힘든 일이라는 것을 나도 알고 있다. 글썽이는 눈물을 보지 않더라도 충분히 알 수 있는 일이다.

"당연히 집에 있어야지. 걱정하지 마."

그리고 30분쯤 지났을 때,

"실례합니다."

대문 밖에서 여자 목소리가 들렸다. 누가 왔나 나가봤더니 미다카에 있는 어느 꼬치안주 집 여종업원이 서 있다.

"마에다 씨가 오늘 뵙고 싶다고 하시는데요!"

"응, 알았어."

방 한쪽 벽에 걸어둔 외투에 어느새 손이 들어가고 있었다. 책상 서랍을 휘저어보았다. 있는 돈이 얼마 안 되기에 마침 오늘 아침 잡지사에서 보내준 소액 우편환을 봉투째 안주머니에 챙겨 집을 나섰다.

큰딸이 대문 밖에 서 있었다. 아이가 오히려 쑥스러운 표정을 짓는다.

"마에다 씨가 오셨다고? 혼자서?"

나는 애써 아이를 무시하며 꼬치안주 집 여종업원에게 물어봤다.

"네, 잠깐 뵈면 된다던데요."

나는 아이를 버려두고 빠른 걸음으로 빠져나갔다.

마에다 씨는 사십이 넘은 여성이다. 오랫동안 N신문사에서 일했다고 한다. 지금은 무슨 일을 하고 있는지 잘 모른다. 그 여자는 2주일 전인 세밑에 바로 그 가게에서 처음 만났고, 그때 나는 손아래 친구 두 명과 주거니 받거니 하다가 술김에 그 여자에게 말을 걸게 되었고, 여자와 동석하게 되어 그녀에게 악수를 청했던 것뿐이다.

악수가 끝나고 내가,

"자, 마십시다. 지금부터 실컷 놀아보자고요."

라고 말했을 때,

"제대로 놀지도 못하는 사람들이 큰소리가 심하던데…, 선생님도 평소엔 인색하신 분 아니에요?"

낮게 깔린 음성으로 여자가 대꾸하는 것이었다.

나도 모르게 가슴이 덜컥 내려앉았다.

"좋아요. 다음에 만나면 멋지게 노는 게 뭔지 내가 한 번 보여드리지."

말은 이렇게 했지만, 속으로는 아주 괘씸한 여편네라고 욕을 퍼붓고 싶었다. 나 같은 인간이 이런 말 하기에는 조금 뭣하지만 그녀야말로 퇴폐적이고 못된 여자라고 생각했다. 나는 번민도 하지 않고 오로지 노는 데에만 열중하는 행위를 증오한다. 열심히 배우고 열심히 노는 것은 인정할 수 있어도 오직 노는 것만이 목적인 인간만큼 나를 불안하게 만드는 인종도 없다.

바보 같은 여자라고 생각했다. 하지만 나 역시 멍청이였다. 그런 여자에게 지고 싶지 않았다. 자기가 뭐나 되는 것처럼 잘난 척을 했지만 사실 이런 여자는 보나마나 속물일 게 뻔하다. 다음에 만나면 여기저기 끌고 다니면시 톡톡히 망신 주기로 결심했었다.

언제든 다시 만나서 재미있게 놀고 싶다면 마음 내키

실 때 이 가게로 오셔서 여종업원을 우리 집에 보내라고
말한 후 악수하며 헤어진 것을 나는 만취 상태에서도 잊
어버리지 않고 있었다.

나는 이 타락한 여자에게로 황급히 달려갔다.

"새해 복 많이 받으십쇼."

멋쩍음을 감추려고 마에다 씨에게 일부러 큰소리로
인사했다.

마에다 씨는 전엔 양장을 입고 있었는데 이날은 기모
노 차림이었다. 그녀는 꼬치안주 집 토방 의자에 앉아 담
배를 피우고 있었다. 비쩍 마르고 키가 큰 여자였다. 홀
쭉한 얼굴이 해쓱하고, 분도 바르지 않고 루주도 칠하지
않았는지 얇은 입술이 희게 타들어간 것처럼 보였다. 도
수께나 높은 근시 안경을 썼고, 미간에 주름이 깊게 새겨
져 있었다. 전체적인 인상이 내가 제일 싫어하는 얼굴형
이었다. 요전날 밤에는 취기 때문인지는 몰라도 그럭저
럭 괜찮게 봐줬지만 이렇게 맨정신으로 마주하게 되니
고개를 돌리고 싶었다.

나는 연거푸 술을 마시며 주로 꼬치구이 집 주인 아주
머니와 여종업원을 상대로 떠들어댔다. 마에다 씨는 거
의 말이 없었고 술도 별로 마시지 않았다.

"오늘은 왜 이렇게 얌전을 떠세요?"

나는 별 감흥도 없이 입에서 나오는 대로 지껄였다.

마에다 씨는 고개를 숙이고 '훗' 하며 웃을 뿐이었다.

"다시 만나면 실컷 놀기로 약속하지 않았나요? 자, 마십시다. 지난 번 밤에는 잘도 마시더니…."

"낮엔 못 마셔요."

"낮이고 밤이고 다를 게 뭐 있어요. 마에다 씨는 노는 유흥에선 챔피언 아니십니까?"

"술은 플레이에 안 들어가거든요."

시건방진 소리를 내뱉는다.

나는 흥이 깨져,

"그럼 뭐가 좋으세요? 키스인가요?"

'이런 망할 여편네 같으니! 실컷 마시고 놀아주려고 애들하고 생이별까지 하면서 여기 왔단 말이야.'

"그만 일어나야겠군요."

여자는 테이블 위에 놓인 핸드백을 집어들며,

"실례했어요. 술이 마시고 싶어 뵙자고 한 건 아니었는데…."

그렇게 말하며 울상을 지었다. 울상이 되니까 정말 못생긴 얼굴이었다. 그 모습이 불쌍해 보이기까지 했다.

"아이구 죄송합니다. 같이 나가시죠."

여자는 살짝 고개를 끄덕이며 일어서려다가 손수건에 코를 풀었다.

우리는 밖으로 나왔다.

"난 야만인이나 다름없는 인간이라서요. 플레이고 뭐고 잘 몰라요. 술을 못 드시겠다면 어떡하지…."

나는 왜 이대로 헤어지자고 돌아서지 못하는 걸까. 여자는 밖으로 나오자 갑자기 생기가 돌았다.

"그 가게는 제가 전부터 다니던 집인데 아까 선생님을 부르려고 주인 아주머니한테 부탁해 선생님 댁에 여종업원 좀 보내달라고 부탁했더니 수상쩍은 얼굴로 쳐다보는 거에요. 저 같은 건 이제 여자도 아닌데 기분 나쁘더군요. 선생님은 어때요? 아직 남자라고 하실 수 있나요?"

점점 더 꼴같잖은 말을 늘어놓기 시작한다. 그래도 나는 안녕히 가시라는 말을 꺼내지 못했다.

"자, 우리 빨리 놀기나 합시다. 뭐 좋은 플레이 없나요?"

기분도 나지 않는 말을 지껄였다.

"제가 사는 아파트에 가시겠어요? 실은 오늘 제 집으

로 모시고 싶었거든요. 아파트에 재미난 친구들이 여럿
와 있어요."

기분이 우울해졌다. 가고 싶은 생각이 전혀 없었다.

"아파트에 가면 멋진 플레이가 있는 거죠?"

여자는 씩 웃고는,

"아무것도 없어요. 작가 되시는 분이 이렇게나 현실
적인 분이실 줄은 몰랐어요."

"그야…."

말을 꺼내다 말고 나는 입을 다물었다.

길 건너편에 하얀 거즈 마스크로 입을 가린 병자나 다
름없는 아내가 막내를 둘러업고 찬바람을 맞으며 쌀 배
급 줄에 서 있었다. 아내는 나를 보고도 모른 척했지만
엄마 곁에 서 있던 딸은 아니었다. 딸아이는 엄마 흉내를
냈는지 똑같이 하얀 거즈 마스크로 입을 가리고 있었는
데, 대낮부터 술에 취해 이상하게 생긴 아줌마랑 걷고 있
는 아버지에게 달려오려는 기색이 역력했고, 그걸 본 아
빠는 숨이 막힐 지경이 되었는데, 엄마는 아무 일 없다는
듯이 얼른 딸아이의 얼굴을 한쪽 손바닥으로 가려 나를
보지 못하게 만들었다.

"따님인가요?"

"별 말씀을."

시치미를 떼며 웃어넘기고 싶었지만 입술이 일그러지는 것을 어쩌지 못했다.

"하지만 어쩐지…."

"농담도 잘하시네요."

우리는 배급소 앞을 지나갔다.

"아직 멀었나요?"

"다 왔어요. 들어가시겠어요? 친구들이 좋아할 거예요."

집에 돈이라곤 한푼도 남겨두지 않고 다 가져왔는데 괜찮을까. 식은땀이 흘렀다.

"갑시다. 가는 길에 아무 곳이나 좋으니 위스키 좀 마실 데가 없을까요?"

"술은 준비해놨어요."

"얼마나 있는데요?"

"철저하게 현실파시군요."

마에다 씨의 아파트에는 서른이 훌쩍 넘어 보이는, 아무리 봐도 불량하기 이를 데 없는 여자 두 명이 있었다. 놀러온 게 틀림없었다. 남자보다도 우락부락한 태도로 나에게 말을 걸어왔고, 여자들끼리 철학이니, 문학이니,

미학이니 하는 시시껄렁한 논쟁 비슷한 것을 이야기했다. '지옥이다, 지옥.' 나는 그런 생각을 하면서 적당히 받아넘겨줬고, 술을 마셨고, 전골을 먹었고, 떡국을 먹었고, 끝내는 드러누워 집으로 돌아가지 않았다.

의란 무엇인가.

이를 해명할 방법은 없지만 아브라함은 아들(외아들)을 죽이려 했고, 소고로는 자식과 생이별했고, 나는 오기를 부리다가 지옥으로 떨어질 참인데, 아아, 그 의란 어떻게도 해볼 도리가 없는 현실에 던져진 남자의 가엾은 약점과도 같은 것이었다.

신랑

1941년 12월 8일, 이 글을 쓴다.

이날 아침 태평양 전쟁이 시작되었다는 보도를 듣는다.

하루하루를 느긋한 마음으로 조바심내지 않고 살아가는 수밖에 없다. 내일 일을 위하여 염려하지 말라. 내일 일은 내일 염려할 것이요, 한날 괴로움은 그날에 족하니라. 오늘 하루를 기쁜 마음으로 힘껏 노력하며 살고 싶다. 사람들을 좀 더 부드럽게, 좀 더 다정한 가슴으로 대해주며 살고 싶다.

하늘도 요즘은 너무나 아름답다. 파랗게 갠 저 하늘에 배를 띄우고 싶은 충동이 일어날 만큼 아름답기 그지없다. 산다화의 꽃잎은 꽃 조개. 소리 내어 지고 있다. 산다화 꽃잎이 이토록 아름다웠던가, 새삼 놀라며 넋을 잃고 바라본다. 모든 것이 그립기만 하다. 담배 한 대 피는 데도 울고 싶은 생각이 들 만큼 감사한 마음으로 피게 된다.

가족들을 따뜻하게 돌봐줘야겠다. 그동안 옆방에서 아이가 울어도 모른 척했는데 요샌 아이가 울음을 터뜨리면 부리나케 옆방으로 건너가 서툴게나마 아이를 안아주고 이리 흔들 저리 흔들 달래준다. 아이의 잠든 얼굴을 잊어버리게 될까봐 겁이 나서 어느 날 저녁엔 아이 얼굴을 물끄러미 바라보기도 한다. 설마하니 그럴 리는 없겠지만 이것이 마지막으로 보는 아이의 잠든 모습일지도 모른다는 방정맞은 생각이 들기도 한다. 이 아이는 틀림없이 건강하게 자라줄 것이다. 나는 그것을 의심하지 않는다. 밖에 나가게 되더라도 어떻게든 일찍 집에 돌아와 저녁은 집에서 먹고 있다. 식탁에 반찬이라곤 별 볼일 없다. 그래도 나는 즐겁기만 하다. 아내는 면목이 없다는 듯 '미안해요'라고 말한다. 하지만 나는 없는 반찬이나

마 상에 오른 것들이 맛있다고 칭찬해준다. 아내는 쓸쓸히 웃는다.

"아니 이거 새우조림 아냐? 용케 구했네."

"새우가 시들어서…."

아내 목소리가 기어들어간다.

"시들어도 새우는 새우야. 내가 새우를 제일 좋아하잖아. 새우 수염에 칼슘이 많대."

엉터리 같은 소리였다.

식탁에는 야채절임이랑 오징어조림, 그리고 시들어빠진 새우로 만든 새우조림이 전부다. 나는 맛있겠다며 연신 입맛을 다신다.

"어렸을 때부터 이상하게 배추절임을 좋아했어. 배추절임만 있으면 다른 반찬이 필요 없을 정도였다니까. 배추 씹을 때 입안에서 사박사박 소리 나는 걸 들으며 먹는 맛이란…."

"요샌 소금 파는 가게도 없어서…."

아내는 여전히 목소리가 기어들어간다. 우울한 얼굴이다.

"야채 절일 때 소금을 충분히 쓸 수가 없어요. 소금을 조금만 더 써도 맛있게 절여졌을 텐데."

"아냐, 이 정도가 딱 맞아. 난 짠 거 싫어."

끝까지 반대로 우겨댄다. 없는 살림을 칭찬해준다는 것은 기분 좋은 일이다.

그러나 때로는 실패하는 날도 있다.

"오늘 저녁 반찬이 정말 아무것도 없어? 그거 재미있네. 한 번 연구해보자고. 가만있자, 그럼 김이나 구워서 간장에 찍어 먹을까. 김 좀 가져와봐."

아주 간단히 반찬 문제가 해결됐구나 생각하며 김이나 구워 먹으려 했을 뿐인데 그만 실수를 저지른 꼴이 되고 말았다.

"없는데 어떡하죠?"

아내는 멋쩍은 표정을 짓는다.

"안 그래도 가게란 가게는 다 돌아다녀봤는데 김 같은 건 보이지도 않아요. 고기나 생선은 아예 그림자도 안 보이고…. 시장에 가면 울상만 짓게 된다니까요."

몹시도 맥이 풀려 보인다. 나는 얼빠진 소리를 했다고 진심으로 뉘우쳤다. 집에 김 한 장 없을 거라곤 생각도 못했다. 겁이 나서 흠칫거리며,

"우메보시는 있어?"

"그건 있어요."

우리 부부는 '후유' 한숨을 쉬었다.

"참아야지. 이까짓 건 아무것도 아냐. 쌀하고 야채만 있으면 인간은 얼마든지 살아남을 수 있어. 국가도 앞으로 좋아질 거야. 난 그렇게 믿어. 신문에 나오는 대신들 말을 전부 믿는다구. 그러니 참고 살아야지."

우메보시를 먹으면서 그런 뻔한 이야기를 아내에게 들려주고 있으니 어쩐지 기분이 통쾌해진다.

어느 날 밤인가 밖에서 저녁을 먹게 되었을 때 식당에 산해진미가 넘치는 것을 보고 놀랐다. 이상하다는 생각이 들었다. 창피를 무릅쓰고 여종업원에게 비프스테이크 하나만 싸달라고 부탁했다. 그러자 여기서 드시고 갈 수는 있지만 싸가지고 가시는 건 위법이라며 난처해했다. 그래도 어렵사리 뜨끈한 비프스테이크 한 덩이를 싸들고 식당을 나왔다. 아아, 즐거운 일, 나는 지금까지 먹을 걸 들고 집에 가본 적이 한 번도 없었다. 칠칠치 못한 짓이라고 생각했기 때문이다.

"여종업원에게 세 번씩 고개 숙여 싸달라고 부탁해서 가져왔어. 고기 먹어본 지 오래 됐지? 자, 먹어봐. 소고기야."

나는 어깨를 으쓱거렸다.

"약 같은 걸 먹는 기분이 드네요."

아내는 머뭇거리며 젓가락을 가져갔다.

"먹고 싶은 생각이 통 안 들어요."

"그러지 말고 어서 먹어봐. 맛있지? 다 먹어. 난 실컷 먹고 왔어."

"체면을 생각하셔야죠."

아내는 뜻밖의 말을 꺼냈다.

"난 이런 거 먹고 싶지 않으니까 여종업원들에게 다 시는 고개 숙이거나 하지 마세요."

아내 말을 듣고 기분이 언짢아졌지만 이내 안심이 되었다. 크게 안심이 되었다. 앞으로는 '아내에게 맛있는 걸 사줘야 되는데'라는 걱정은 하지 말자. "자, 먹어봐. 소고기야."라니, 추접한 말이 아닌가. 먹는 것에 관해서만이 아니다. 아내의 미래에 대해서도 마음 푹 놓고 지내자. 아내도 아이와 마찬가지로 몸 성히 잘 지내게 되리라고 믿는다.

가족들 걱정을 하지 않기로 결심했더니 마음이 가뿐해지는 것이었다. 하늘을 보고 있으면 가슴이 상쾌해지고, 담배가 맛있어지고, 세상 사람들을 상냥히 대하게 된다.

미다카의 우리 집에는 대학생들이 많이 놀러온다. 머리가 좋은 학생이 있는가 하면, 머리가 나쁜 학생도 있다. 하지만 모두들 하나같이 정의파다. 나에게 돈을 빌려달라고 부탁한 학생은 지금껏 단 한 명도 없었다. 오히려 내게 돈을 빌려주고 싶어하는 학생들이 있었다. 이 학생들은 아무 타산 없이 그저 나와 이야기를 나누고 싶어 놀러오는 것이다. 나는 어린 친구들이 찾아오는 것을 한 번도 거절하지 않았다. 아무리 바빠도 들어오라고 말한다. 물론 어쩔 수 없이 그들에게 일단은 '들어오라'고 말한 적도 있었음을 부인하지는 않겠다. 즉 마음이 약해져 하는 수 없이, "내가 하는 일이 바쁜 것도 아니고 아무런들 괜찮아. 자, 어서 들어오라구."

이렇게 쓸쓸히 웃으면서 말하기도 했던 것이다. 내가 하는 작업이 방문객이 찾아오면 아무것도 하지 못하는 거창한 일도 아니고 대단치도 않은 것이다. 방문객을 괴롭히는 고뇌와 나의 고뇌 중에서 어느 것이 더 깊은 고뇌인지를 나는 모른다. 내가 고뇌하는 것들이 조금이라도 더 안일한 고뇌인지도 모른다.

'저 친구 취미로 그리스도 놀이에 빠져 혼자 심각한 척 역겨운 말을 지껄이는데 실은 지독한 에고이스트였어.'라는 핀잔이 듣기 싫어 아무리 급박한 작업 중이더라도 나를 찾아오는 학생이 있으면 어서 들어오라고 애써 맞아준 일이 없지 않아 있었던 것 같다. 비열한 자기 방어다. 학생들에게 그 어떤 책임감도 느끼지 않았다. 학생들을 화나게 만들지만 않으면 된다고 생각했다. 나는 학생들의 이야기를 들으며 딴생각을 하곤 했다. 어련무던히, 적당히 대답해주며 그냥저냥 웃어넘겼다. 내 처지만 계산하고 있었던 것이다. 학생들은 나를 부끄러움이 많은 어수룩한 호인쯤으로 판단했을지도 모른다. 하지만 최근 들어 내가 몹시 상냥하고 다정해지면서 생각한 바를 그대로 말하게 되었다. 내가 말하는 상냥하고 다정한 태도는 일상적인 상냥함, 일상적인 다정함과는 성격이 조금 다르다. 내가 생각하는 상냥하고 다정한 태도란, 나의 전모를 감추지 않고 학생들에게 전부 까발리는 것이다. 나는 지금 책임감을 느끼고 있다. 나를 찾아오는 사람들 중 단 한 명도 타락시켜서는 안 된다고 생각한다. 내가 마지막 심판대에 올랐을 때 단 하나,

"… 그래도 저는 가까이 지낸 사람들 중 누구도 타락시키지 않았습니다."라고 단언할 수 있게 된다면 얼마나 기쁠까.

얼마 전부터 학생들에게 과감히 직언하고 있다. 야단칠 때도 있다. 이렇게 하는 것이 나의 상냥함이며 다정함이다. 야단칠 때는 그 학생 손에 죽어도 상관없다는 각오를 다진다. 만에 하나 나를 죽이는 학생이 있다면 그는 영원한 바보가 될 것이다.

대단히 미안한 부탁이지만 용건은 30분 내로 끝마쳐주기를 바란다. 이달 안으로 급하게 마무리 지어야 할 일이 있어서 그렇다. 이해해줬으면 좋겠다.

— 다자이 오사무

현관에 이렇게 쓴 쪽지를 붙이기도 했다. 눈코 뜰 새 없이 바쁜 주제에 안 그런 척하며 아무렇지 않게 학생들을 맞아주는 건 좋지 않은 태도라고 생각했다. 내가 하는 일도 소중히 여겨야 된다는 생각이 들었다. 나를 위해서, 또 학생들을 위해서 하루의 삶이란 얼마나 귀중한 것일까.

우리 집을 찾는 학생들의 발길이 점점 뜸해졌다. 잘 생각한 것이다. 그들은 나를 보러 우리 집에 찾아와 노닥거렸던 시간만큼 더 열심히 책과 씨름하게 되었을 것이다.

하루하루 사라지는 시간들이 아깝다. 오늘 하루 최대한 힘을 내어 살고 싶다. 나는 학생들뿐 아니라 세상 모든 사람들과 정직하게 사귀기 시작했다.

우리 집에 이런 엽서가 날아왔다.

선생이 쓴 '여자의 결투' '급히 고소합니다' 등의 작품은 조금 유별난 작품으로 이해할 수밖에 없을 것 같다. 선생의 설명이 듣고 싶다. 단적으로 간단하게. 다다이즘이란 무엇을 의미하는 것인지? 회답 부탁드립니다.

— 산골 소학교 교사로부터

나는 답장을 보냈다.

귀하의 엽서는 잘 받아보았습니다. 타인에게 질문할 때는 좀 더 정중하고 공손하게 말씀하셔야 됩니다. 소학교에서 아이들을 가르치신다는 분이 이런 식이면 되겠는가, 라는 생각을 했습니다.

귀하의 질문에 성심껏 답해드리겠습니다. 나는 지금까지 다다이즘(제 1차 세계대전이 끝날 무렵 스위스에서 일어난 예술상의 한 주의. 전통적 형식에 극단적으로 반항했다.)을 자칭해본 적이 한 번도 없답니다. 나는 내가 서툰 작가에 지나지 않는다고 생각합니다. 어떻게든 내 생각을 독자 여러분들에게 전달하기 위해 다양한 스타일을 시도해보고 있지만 아직은 어느 것도 성공했다고 말하기 어려운 상황입니다. 내가 치기 어린 장난으로 이런저런 작품 형식을 시험하고 있는 것은 아닙니다. 안녕히 계십시오.

초등학교 선생이 우리 집에 쳐들어와도 좋다는 각오로 쓴 답장인데, 닷새 후 다음과 같은 조금 긴 편지가 도착했다.

11월 28일

너무 피곤해서 오늘 아침엔 일곱 시에 일어나는 것도 힘들었다. 교재로 그린 조릿대 목화를 바라보면서 입영(○월 ○일) 문제와 문학 문제, 꽃바구니에 관한 것 등을 생각했다. 허연 숙직실 벽에 달라붙어 있는 ○○현 지도와 조릿대 그림이 지금의 나를 암시하는 것만 같아 으스스 추워진다. 이런 기분일 때는 무슨 일을 하든 어김없이 실패하고 만다. 사범학교 기숙사에서 모닥불을 피웠다가 혼쭐이 났던 일이 생각나 얼굴을 찡그린 채 슬리퍼를 끌고 뒷문을 나와 우물가로 향했다. 몸이 나른하고 머리가 무겁다. 목덜미를 손바닥으로 두드려봤다. 밖에는 비가 억수같이 쏟아지고 있다.

2교시 수업을 마치고 교무실에서 차를 마시며 창밖을 내다보고 있는데 빗속에서 자전거를 탄 우체부가 비틀거리며 교무실 쪽으로 오는 것이 보였다. 나는 곧 밖으로 뛰어나갔다. 선생님이 보내주신 답장이었습니다.

선생님, 저는 그때 진부한 말입니다만, …저의 못된 점을 지적해주서서 정말 감사했습니다. 저는 늘 후회하곤 한답니다. 이유 없이 불손한 태도, 이런 불손한 태도를 고치지 못해 남들에게 고약한 인상을 주곤 합니다. 고치겠다고 다짐하면서도 여전히 못 고치고 있습니다.

교장 선생님께도 선생님이 보내주신 엽서를 보여드렸습니다. 엽서를 읽어보신 후 교장 선생님이 말씀하셨습니다.

"맞는 말씀이군요. 깊이 반성하세요."

저도 그렇게 생각했습니다. …선생님께 꼭 드릴 말씀이 있습니다. 제가 깊이 참회하고 있음을 믿어주시기 바랍니다. 저는 못된 인간이 아닙니다. …펜을 내려놓고 '그 불 꺼지지 않도록'이라는 노래를 학교에 하나뿐인 오르간을 연주하며 부르고 싶습니다.

내 마음대로 몇 군데 생략하기는 했지만, 이상이 그 소학교 선생이 보낸 편지의 내용이었다. 나는 무척 기뻤다. 이번에는 내가 사례하는 편지를 썼다. 입영하게 된다면, 또는 사정이 생겨 입영하지 못하게 되더라도 그날그날 지켜야 할 의무에 최선을 다해달라는 말을 잊지 않았다.

하루의 의무가 곧 생애의 의무라는 마음가짐으로 노력해야겠다. 속여서는 안 된다. 좋아하는 사람에게 하루라도 빨리 좋아한다고 거짓 없이 고백하는 것이다. 더러운 타산은 집어치워야 한다. 솔직한 행동에 뉘우침이란 없다.

얼마 전에도 숙모님이 보낸 긴 편지를 받고 다음과 같은 답장을 보내드렸다. 그 편지 내용이 모 신문 문예란에 그대로 발표되었다.

숙모님, 오늘 아침 숙모님의 긴 편지 잘 받아보았습

니다. 제 건강 등 여러 가지를 걱정해주셔서 감사합니다. 특히나 제가 앞으로 어떻게 살아갈 것인지 무척 걱정해 주셨는데, 그 점 너무나 감사했습니다. 그런데 저는 앞으로 어떻게 살아야겠다는 계획 같은 것이 없습니다. 세상을 비관해서가 아닙니다. 세상을 체념해서도 아닙니다. 쓸데없이 목표를 세워놓고 오른쪽으로 갈까, 왼쪽으로 갈까 저울질하면서 신중히 따졌다가는 오히려 비참하게 쓰러지는 건 아닌지 겁이 나서입니다.

'내일 일을 염려하지 말라.' 고 그분께서도 말씀하셨지요. 아침에 눈 뜨면 저는 오늘 하루도 알차게 살고 싶다는 마음뿐입니다. 하루하루가 귀한 시간입니다. 제가 매일 같이 노력하는 시간들이 쌓여 언젠가는 전 생애에 걸쳐 최대로 노력했다는 증거가 되어줄 것입니다. 숙모님도 이제는 필요 이상으로 물건을 사두는 매점은 하지 마세요. 의심했다가 실패하는 것만큼 추한 삶도 없습니다. 우리는 믿고 있습니다. 한 치의 벌레에게도 닷 푼의 단심(丹心)이 있다는 것을요. 제가 드리는 말씀을 웃어 넘기시면 안 됩니다. 순수하게 믿는 자만이 만사태평하게 지낼 수 있습니다. 저는 문학을 포기하지 않을 것입니다. 반드시 성공하겠습니다.

숙모님, 안심하십시오.

요즘 들어 매일 아침 면도한다. 이빨도 닦는다. 발톱, 손톱도 그때그때 자른다. 매일 머리도 감고 귓속도 깨끗이 청소한다. 콧수염 같은 것이 자라도록 내버려두지 않는다. 눈이 피로해지면 안약 한 방울을 눈에 떨어뜨린다.

서재에는 언제나 계절별로 싱싱한 꽃이 피어 있다. 아아, 이 나라는 좋은 나라다. 먹을 것이 부족하더라도, 술이 모자라더라도 꽃은, 꽃만은 어느 꽃집이든 그득하다. 분홍색, 노란색, 흰색, 보라색 등등 저마다 자기 빛깔을 뽐내며 피어 있다.

요샌 집에서도 낡은 잠옷 같은 걸 입고 지내거나 하지 않는다. 아침에 일어나자마자 산뜻하게 줄무늬가 새겨진 옷을 입고 허리띠를 단단히 맨다. 코앞 이웃에 사는 친구 집에 갈 때도 정장을 차려입고 간다. 주머니에는 곱게 네 번 접은 새하얀 손수건이 들어 있다.

얼마 전부터 희한하게도 가문(家紋)을 수놓은 예복이 못 견디게 입고 싶어졌다.

아침에 꽃을 사들고 집으로 가는 도중에 미타카 믹션 광장에 예스럽게 꾸민 마차 한 대가 손님을 기다리고 있는 걸 보았다. 나는 너무나 반가워 마부에게 물어보았다.

"이 마차 어디로 갑니까?"

"아무 데고나 갑죠."

늙은 마부가 상냥하게 대답했다.

"택시하고 같은 겁죠."

"긴자(도쿄에서 가장 번화한 거리)까지 타고 갈 수 있을까요?"

"긴자는 먼뎁쇼. 전차 타고 가셔얍죠."

마부가 웃었다.

나는 이 마차를 타고 긴자를 누비고 싶었다. 두루미 (우리 집 가문은 두루미다.)가 수놓아진 예복을 입고 마차 위에 누긋하게 앉아 긴자 일대를 천천히 누비고 싶었던 것이다.

아아, 요즘 나는 매일 새신랑이 된 기분으로 살고 있다.

작가에 대하여

다자이 오사무(太宰治, 1909년 6월 19일 ~ 1948년 6월 13일)는 일본의 소설가이다. 본명은 쓰시마 슈지(津島修治)인데, 필명을 쓴 까닭은 쓰가루 지방(아오모리 현 서부) 출신인 스스로가 본명을 읽으면 쓰가루 방언의 영향으로 지시마(チシマ)로 들리지만 이 필명은 방언투로 읽어도 발음이 그대로이기 때문이었다고 한다.*

생애

*다자이의 문학 스승이었던 이부세 마스지(井伏鱒二)가 그를 회상하며 쓴 『다자이 군(太宰君)』에 수록된 일화이다.

1. 출생

1909년 아오모리 현(靑森縣) 쓰가루군(津經郡) 가네키무라(金木村)에서 지방 유지였던 대지주 쓰시마 겐고에몬(津島源右衛門)과 타네(夕子) 사이에서 태어났다. 그의 형제자매는 모두 11명으로 다자이가 태어날 즈음 맏형과 둘째 형은 이미 죽고 없었다. 겐고에몬은 쓰가루 고쓰쿠리무라(木造村)의 지주였던 마쓰키(松木) 집안에서 데릴사위로서 쓰시마 집안으로 들어왔다.

겐고에몬의 본가인 마쓰키 집안은 당시 쓰시마 집안이나 야마나카 집안과는 비교도 할 수 없는 지체 높은 향사(鄕土) 집안이었다. 원래 지금의 일본 후쿠이 현에 해당하는, 와카사 국(若狹國) 고하마(小浜)의 상인이었던 마쓰키 집안의 선조는 1658년~1660년 사이에 히로사키(弘前)로 이주해 비단장사를 시작했는데, 쓰가루 번의 농토 개발로 다시 고쓰쿠리로 옮겨왔고 이때 농토 개간의 공을 인정받아 향사가 되었고 대대로 양조장을 영위하다가 메이지 시대에 8대 당주 시치고에몬(七右衛門)이 약재 도매상으로 전업했다. 이 시치고에몬의 넷째 아들 겐고에몬이 바로 다자이의 친아버지다.

다자이가 태어날 당시 그의 아버지는 현의 회의원과

중의원 의원, 고액의 납세 덕분에 귀족원 의원까지 맡은 현지의 명사였으며, 쓰시마 집안은 '가나키의 영주님' 으로까지 불릴 정도로 명망 있는 집안이었다. 다자이가 태어난 가나키의 생가는 현재 다자이 오사무 기념관으로서 그의 소설 제목을 딴 '샤요칸(斜陽館)' 이라는 이름으로 일반에 공개되어 있으며, 일본의 중요문화재이다.

2. 학생 시절

아버지는 공무로 늘 바빴고 어머니는 병약했으므로, 다자이 자신은 유모 등의 손에서 자랐다.

1916년에 가나키제일심상소학교(金木第一尋常小學校)에 입학하였다. 4년 만인 1922년 4월에 소학교를 졸업하고 학력 보충을 위해 현지 4개 마을에서 조합으로 세운 메이지고등소학교(高等小學校)에 다시 1년간 통학하였으며, 1923년에는 아오모리 현립 아오모리중학교(青森中學校)*에 입학하는데, 입학 직전인 3월에 아버지가 도쿄에서 세상을 떠났다.

---

*지금의 아오모리 현립 아오모리 고등학교.

3. 고등학교 시절

형들의 영향으로 중학교까지는 교내 수석을 차지할 정도로 공부를 잘했다. 17세 때인 1925년 습작 「도요토미 히데요시의 최후(원제: 最後の太閤)」를 집필하면서 동인지를 발행하기 시작하였고, 이때부터 동인지에 실을 소설이나 희곡, 수필을 쓰며 작가를 지망하기 시작한다. 1927년(昭和 2년) 4월에 관립 히로사키(弘前) 고등학교 문과(文科) 갑류(甲類)에 입학한 뒤로는 이즈미 교카(泉鏡花)나 아쿠타가와 류노스케(芥川龍之介)의 작품에 심취하는 동시에* 좌익 운동에도 눈을 돌리기 시작했고, 프롤레타리아 문학의 영향으로 1928년 5월에 동인지 『세포문예(細胞文芸)』를 발행하여 지면에 '쓰시마 슈지(辻島衆二)'**라는 이름으로 작품 「무간나락(無間奈落)」을 발표하였다.(잡지는 9월에 4월호를 낸 것을 마지막으로 폐지.) 그밖에도 고스게 긴키치(小菅銀吉)라는 필명이나, 본명인 쓰시마 슈지로 글을 쓰기도 했는데, 이때 그는 자신의 '계급'은 과연 어디에 속하는가를 고민하다 1929년

---

*아쿠타가와 류노스케는 그가 고등학교에 진학한 해 7월에 자살했는데 다자이는 이에 크게 충격을 받았다고 한다.
**그의 본명과 발음은 같지만 한자가 다르다.

12월에 카르모틴 자살을 시도하기도 했다. 1930년 3월, 히로사키 고등학교 문과 갑류를 졸업할 당시 그의 성적은 76명 가운데 46등이었다.

프랑스어를 전혀 하지 못하면서도 프랑스 문학을 동경해 4월에 동경제국대학(東京帝國大學) 문학부 불문학과에 입학하지만, 높은 수준의 강의 내용을 전혀 이해할수 없었던 데다 친가에서 부쳐주는 돈으로 마음껏 방탕하고 호사스러운 생활을 하면서 그에 대한 자기 혐오, 내지 다자이 자신의 처한 위치와 더불어 마르크시즘에 심취해갔고, 당시 치안유지법에서 단속하고 있던 공산주의 활동에 몰두하느라(다만 공산주의 사상 자체에 진심으로 빠져들었던 것은 아니었다.) 강의조차 대부분 출석하지않았다. 또한 소설가가 되기 위해 5월부터 이부세 마스지(井伏鱒二)의 제자로 들어갔는데, 이때부터 본명인 쓰시마 슈지가 아닌 다자이 오사무라는 이름을 쓰게 된다. 대학은 거듭된 유급에 수업료 미납으로 제적된다.* 재학중에 만나 동거하던 술집의 여급으로 유부녀였던 18세의

---

*졸업에 임해 구술시험을 받았을 대, 교관 한 명이 그에게 "교직원의 이름만 댈수 있다면 졸업시켜주겠다."라고 했지만 강의에 출석하지 않았던 다자이는 교직원의 이름을 단 한 명도 댈 수 없었다고 한다.

다나베 시메코(田部シメ子)와 1930년 가마쿠라(鎌倉)의 고시고에(腰越) 바다에서 동반 투신자살을 기도하였으나, 시메코만 죽고 다자이는 혼자 살아남았다. 이 일로 다자이는 자살방조 혐의로 검사로부터 조사를 받았지만, 형 분지(文治) 등의 탄원으로 기소유예 처분을 받았다고 한다.*

4. 소설가 다자이 오사무

1933년 단편소설 「열차」를 「선데이 히가시오쿠(東奧)」에 발표하고, 동인지 『해표』에 참가해 「어복기(魚服記)」를 발표한다.

1934년 12월에는 단 가즈오(檀一雄), 야마기시 가이시(山岸外史), 기야마 슈헤이(木山捷平), 나카하라 쥬야(中原中也), 쓰무라 노부오(津村信夫) 등과 합심해 문예지 『푸른 꽃(원제: 青い花)』을 창간하지만, 창간호로 폐간되었다. 1935년에는 소설 「역행(逆行)」을 「문예」에 발표하는데, 동인지 이외의 문예지에 그가 발표한 것은 「역

---

*다자이의 기소유예 처분에 대해서는, 당시 다자이의 담당검사였던 우노(宇野)가 우연히도 아버지의 친가인 마쓰키 집안의 친척이었다는 것과, 그의 담당 형사도 가나키 출신으로 다자이와 동향이었다는 점이 유리하게 작용했다는 설도 있다.

행」이 처음이었다. 또한 이 해에 사토 하루오(佐藤春夫)를 알게 되었고 그로부터 사사하게 된다.

한편 1935년에 처음으로 아쿠타가와 상이 제정되는데, 다자이의 「역행」과 「어릿광대의 꽃(원제: 道化の華)」이 제1회 수상작 후보에까지 오른다. 평소 아쿠타가와 류노스케를 존경해왔던 데다 재정적으로 어려웠던 처지도 결부되어 다자이는 강력히 아쿠타가와 상을 소망하게 되었다고 한다. 그러나 제1회 아쿠타가와 상은 이시카와 다쓰조(石川達三)의 「소우보(蒼氓)」에게로 돌아갔다. 이때 다자이나 그의 스승이자 강력한 후원자로서 아쿠타가와 상 수상 당시 전형위원이기도 했던 사토 하루오는 「역행」보다는 「어릿광대의 꽃」을 좀더 높이 평가하며 여기에 기대를 걸고 있었는데, 당시 아쿠타가와상 전형 위원이던 가와바타 야스나리(川端康成)가 다자이의 「어릿광대의 꽃」을 그의 실제 생활과 연관지어* 부정적으로 평가하며 「어릿광대의 꽃」을 후보 작품으로 선정하는 것을 꺼려했던 것이다.(다만 가와바타는 최종 선정 과정에서는 심사회에 결석.) 가와바타로부터 "작자의 현재 생활

---

* 당시 그는 앞서 1927년 9월에 아오모리에서 알게 된 기녀 고야마 하쓰요(小山初代)와 1931년 2월부터 동거중에 있었다.

에 어두운 구름이 끼어 있다."고 사생활에 대한 비난이 섞인 혹평을 들은 다자이는 "작은 새를 키우고, 무도회를 보러 다니는 것이 그렇게 훌륭한 생활인가? 죽여버릴까, 라고도 생각했었다. 악당이라고도 생각했었다…."라고 『문예통신』에 실은 '가와바타 야스나리에게'라는 짧은 글에서 반격했다.

그 후 도신문사에 입사하지 못하고 다시 또 가마쿠라에서 자살을 시도하나 미수에 그친다. 앞서 1935년 10월에 발표한 자신의 회심의 역작 「다스 게마이네(원제 : ダ ス ゲマイネ)」*가 반드시 제2회 아쿠타가와상을 수상하리라 다자이는 기대했고 사토도 확실한 보증을 했지만** 「다스 게마이네」는 후보에도 오르지 못한 채 그 해 아쿠타가와상도 '해당 작품 없음'으로 결론이 나버렸다.

---

* 「다스 게마이네」는 독일어로는 Das Gemeine로 '비속한 것', '천한 것'이라는 뜻이 되기도 하고, 다자이가 태어난 쓰가루 사투리로 '통 쓸모가 없다'는 뜻이 되기도 한다. 이 작품이 발표되기 한달 전인 9월 22일에 지인 미우라 마사쓰구(三浦 正次)에게 보낸 편지에서 다자이는 " '비열하고 세속적인 것의 승리'에 대해 쓰고 싶었습니다. '비속'이란 수치스러운 것이 아니며, 마음먹기에 따라 나름대로 '훌륭한' 것입니다. 부끄럽게 생각하는 순간, 영원히 그것을 받아들일 수 없을 만큼 지저분하게 변하고 맙니다. 잘 부탁드립니다, 라고 하며 머리를 수그리는, 그 존엄함에 대해 썼습니다."라고 말하고 있다.

** 사토 하루오가 다자이에게 보낸 편지 중에는 "500엔(당시 아쿠타가와 상 상금)은 당신 것이다"라는 문구가 들어 있었다.

1936년에는 전년부터 이어진 파비나르 중독 치료에 전념하는 한편, 첫 단편집 「만년(晩年)」을 간행하는데, 그의 「만년」이 상반기 대상의 제3회 아쿠타가와 상의 대상 후보에 고려되고 있다는 소식을 전해듣자, 다자이는 자존심을 접고 사토 하루오는 물론 예전의 적이었던 가와바타 야스나리에게까지 사정하는 편지를 보냈다. 그리고 가와바타도 "나는 예선 후보 작품을 빠짐없이 읽었다. 의구심이 가는 작품은 두 번씩 읽었다. 다자이씨의 작품집 「만년」도 이전에 읽었다. 이번에 적당한 후보 작품이 없다면, 다자이 씨의 특이한 재능이 수상을 해도 좋을 것이다."라며 호의적인 반응을 비췄다. 그러나 제3회 아쿠타가와 상은 오다 다케오의 「성외(城外)」라는 작품에게 돌아가고, 다자이의 아쿠타가와 상 수상은 다시 무산되어버렸다. 거듭 좌절한 다자이는 사토 하루오와 주고받은 편지까지 공개하며 '자신이 떨어진 것은 이해할 수 없다'는 불만을 표출했고, 이에 분개한 사토 하루오도 소설 「아쿠타가와 상」에서 다자이의 둔감함을 비난, 둘은 한동안 서먹한 사이가 된다. 그리고 3회 이후 아쿠타가와 상 후보 선정의 기준이 '한 번 후보에 오른 작가의 작품은 다시 후보로 선정하지 않는다'로 확립되면서, 다자이의 아쿠타가와 상 수상에의 도전은 끝내 물거품이 되고 만다.

이듬해 1937년 오기쿠보(荻窪)의 벽운장(碧雲莊) 2층 취사장 복도에서 친척이었던 미술학도 고다테 젠시로(小舘善四郎)로부터, 그가 다자이의 내연녀 고야마 하쓰요와 간통하고 있었다는 고백을 듣게 되고, 하쓰요와 카르모틴 자살을 시도하나 또다시 미수에 그쳤다. 이후 그는 하쓰요와 이별하고 1년간 붓을 꺾었다.

1938년 스승 이부세의 초대로 야마나시 현(山梨縣) 미사카(御坂) 고개에 있는 덴가사야(天下茶屋)를 방문해 그곳에서 석 달 동안 머무르던 중 이부세의 중매로 고후 시(甲府市) 출신의 이시하라 미치코(石原美知子)와 만나 11월에 결혼했다. 결혼 이듬해인 1939년 1월에 고후의 미사키쵸(御崎町)에 살며 정신적으로도 안정을 찾은 다자이는 「후지 산 백경(富嶽百景)」, 「급히 고소합니다(直訴)」*, 「달려라 메로스(走れメロス)」 등의 뛰어난 단편을 발표했다. 전쟁으로 어수선한 와중에도 「쓰가루(津經)」, 「옛날 이야기(お伽草紙)」 등 창작 활동을 계속해나갔다.**

전쟁이 막바지에 다다른 1945년 다자이는 소설 「석별

---

*한국의 번역본 중에는 '유다의 고백'으로 번역된 것도 있다.

(惜別)」을 발표했는데, 중국의 사상가이자 문인이었던 루쉰의 일본 유학 시절 이야기를 그린 이 작품은 전시체제하 일본 군부가 문학을 정치 선전에 이용하고 전쟁 참여를 독려하기 위해 만든 일본문학보국회(日本文學報國會)의 의뢰에 따라 쓴 것이었다.*** 패전 뒤인 1947년 몰락 화족(華族)을 그린 장편소설 「사양(斜陽)」이 평판을 얻어 유행 작가가 된다.****

**전쟁 중에는 펜밖에 들고 가지 않을 나사이였음에도 이때는 아내와 아이를 위해 짐수레를 끌고 피난길에 올랐으며, 다자이의 아내 미치코는 "다자이는 내게 짐수레에 타라고 했습니다. 빈 수레는 오히려 더 끌기 어렵다면서 말이에요."라며 전쟁의 혼란 속에서 다자이가 보여주었던 가장으로서의 면모를 회고하였다.

***다자이 자신은 1944년 1월 30일에 도호 영화사의 프로듀서 야마시타 료조에게 쓴 편지에서 "새해가 되지마자 문학보국회에서 대동아 5대 선언을 기초로 한 소설을 쓰라는 어려운 명령을 받아, 이것도 나라를 위하는 일이라는 생각에 다른 일을 제쳐두고 이 일에 매진하는 중입니다."라고 썼고, 후기에서도 "써달라는 의뢰가 없었어도 언젠가 써보고 싶다는 생각에서 자료를 모으고 구상하고 있었던 것"이라고 말했지만, 다자이 오사무 자신이 당시 일본문학보국회에 소설 개요를 제출했던 소설가 50명 가운데 선발된 6명 가운데 한 사람이었다는 점에서 이 소설은 다자이 오사무 스스로가 자신의 의지에 따라 일본문학보국회의 기획에 적극적으로 참가해 쓴 작품이라고 할 수 있다. 다만 당시 평론가들은 작품에 그려진 루쉰의 모습과 그의 입을 빌려 말하는 일본과 중국의 관계가 지극히 피상적임을 들어 이 작품을 '실패작'으로 간주하였다.

****다자이는 패전 뒤 수많은 문인들이 과거 일본의 침략 전쟁을 찬양하던 때와는 다르게 너무도 갑작스러운 태도로 민주주의를 외치는 모습에 환멸을 느꼈는데, 스승인 이부세 마스지에게 보낸 편지에서도 "저널리즘에 부추김을 받아 민주주의를 떠떨어낼 생각은 없습니다. 일본인은 모두 전쟁에 협력한 것입니다."라며 불만을 털어놓았고, 이것은 훗날 그가 「사양」을 집필하는 한 동기가 되었다고 여겨지고 있다.

5. 죽음

1948년 6월 13일 「인간실격(人間失格)」, 「앵두(櫻桃)」를 마무리한 직후 다마가와(玉川) 강 수원지에서 애인 야마자키 도미에(山崎富榮)와 동반자살하였다. 이때 그의 나이는 39세였다.

이 사건은 발표 직후부터 온갖 억측을 낳았는데, 도미에에 의한 억지 정사설, 희극 심중 실패설 등이다. 다자이가 생전에 아사히(朝日) 신문에 연재 중이던 유머 소설 「굿 바이」도 미완의 유작으로 남았는데, 공교롭게도 13화에서 작가의 죽음으로 절필되었다는 데에서 기독교의 징크스를 암시하는 다자이의 마지막 멋부림이었다는 설도 있고, 그의 유서에는 "소설을 쓰는 것이 싫어졌다." 등의 취지가 적혀 있었는데, 자신의 컨디션 불량이나 다운증후군을 앓는 저능아였던 외아들의 처지에 대한 비관도 자살의 한 원인이 되었을 거라는 설도 있다. 기성 문단에 대한 '선전포고'로까지 불리던 다자이의 연재 평론 「여시아문(如是我聞)」의 마지막회는 다자이 사후에 게재되었다. 유해는 스기나미 구 호리노우치에서 화장되었다. 계명(戒名)은 문채원대유치통거사(文綵院大猷治通居士)였다.

다자이의 사체가 발견된 6월 19일은 공교롭게도 그의 생일이었는데, 죽기 직전에 쓴 단편 「앵두」와도 관련해, 생전에 다자이와는 동향으로 교류가 있던 곤 간이치(今官一)에 의해 '앵두 기일'이라 불리게 되었다. 이날은 다자이 문학의 팬들이 그의 무덤이 있는 도쿄 도(東京都) 미타카 시(三鷹市)의 젠린사(禪林寺)를 찾는 날이기도 하다. 또한 다자이가 태어난 아오모리 현 카나기마치에서도 '앵두 기일'에 맞춰 다자이를 기념하는 행사를 열었는데, 다자이의 탄생지에서 다자이의 탄생을 축하하는 것이 옳다는 유족의 요망도 있어 다자이 오사무 탄생 90주년이 되는 1999년부터는 「다자이 오사무 탄생제」로 이름을 고쳤다.

작품 연구

그의 작품은 일본 교과서에 등장할 정도로 후세에 많은 영향을 끼쳤으며, 특히 《인간실격》은 신초(新潮)문고본으로만 일본 국민작가 나쓰메 소세키의 《마음》에 이어 두 번째로 많은 판매수를 기록하였다.

다자이는 장편과 단편 모두 우수한 작품을 많이 남겼

지만, 특히 「만원(滿願)」 같이 극히 적은 양의 원고지로도 훌륭한 작품을 써낼 수 있었던 소설가로서도 높게 평가되고 있다. 그는 「여학생(女生徒)」이나 「여치(きりぎりす)」 등 여성 화자가 주인공이 된 1인칭 작품을 많이 집필하였고, 여성 작가나 여성 문예평론가들로부터 "남성임에도 이 정도 수준으로, 여성의 마음을 잘 알고 있다니" 하는 호평을 받았다. 또 「여학생」은 미지의 여성 독자가 그에게 보내온 일기에 근거해 집필한 것이라고 한다.

성경이나 기독교에도 지속적으로 강한 관심을 보여, 성경과 관련된 작품을 몇 개 남기고 있다. 그 가운데 하나가 바로 「급히 고소합니다」이다. 한국에서는 번역자에 따라 「유다의 고백」으로도 번역되는 이 작품에서는 일반적으로 배반자 변절자로서 인지되는 가룟 유다의 마음속 갈등이 그려져 있다. 다자이는 이 작품을 구술 필기로 단번에 완성했는데, 이때 그의 아내가 필기를 도왔다고 한다.

『만년(晚年)』(1936년, 砂子屋書房)
「허구의 방황, 다스 게마이네(虛構の彷徨, ダス ゲマイネ)」(1937년, 新潮社)

「이십세기 기수(二十世紀旗手)」(1937년)

「사랑과 미에 대하여(愛と美について)」(1939년)

「여학생(女生徒)」(1939년)

「피부와 마음(皮膚と心)」(1940년)

「추억(思ひ出)」(1940년)

「달려라 메로스」(1940년)

「여자의 결투(女の決闘)」

「도쿄 팔경(東京八景)」(1941년)

「신 햄릿(新ハムレット)」(1941년)

「치요조(千代女)」(1941년)

「급히 고소합니다」(1941년)

「풍문(원제: 風の便り)」(1942년)

「늙은 하이델베르크(老ハイデルベルヒ)」(1942년)

「정의와 미소(正義と微笑)」(1942년)

「여성(女性)」(1942년)

「후지 산 백경(富嶽百景)」(1943년)

「우대신 사네토모(右大臣實朝)」(1943년)

「길일(佳日)」(1944년)

「쓰가루(津輕)」(1944년)

「새로 쓰는 여러 나라 이야기(新釋諸國　)」(1945년)

「석별(惜別)」(1945년)

「옛날 이야기(お伽草紙)」(1945년)

「판도라의 상자(パンドラの匣)」(1946년)

「박명(薄明)」(1946년)

「겨울의 불꽃놀이(원제: 冬の花火)」(1947년)

「비용의 아내(원제: ヴィヨンの妻)」(1947년)

「사양」(1947년)

「인간실격」(1948년)

「앵두」(1948년)

다자이의 작품 전집은 이미 그가 죽기 직전인 1948년
부터 「다자이 오사무 전집」이라는 이름으로 야쿠모 서점
에서 간행이 시작되었지만 출판사가 도산하면서 중단되
고, 그 뒤 창예사(創藝社)에서 새로이 「다자이 오사무 전
집」이 간행되었다. 그러나 그의 시중 작품뿐 아니라 그가
주고 받았던 편지와 미발표 습작까지 완비한 본격적인
전집은 1955년에 지쿠마 서방(筑摩書房)에서 비로소 간
행되었다. 2014년 도서출판b에서 한국어판 『다자이 오
사무 전집』(전10권)을 완간했다(전집 번역은 세계 최초
다).

한편 패전 뒤 일본에 진주한 연합군 최고 사령관 총사령부(일명 GHQ)의 참모 제2부(GII)에서 전사실장을 맡고 있던, 미국 메릴랜드 대학의 역사학 교수 고든 윌리엄 프란게 박사에 의해서 GHQ에 의해 검열되어 메릴랜드 대학으로 이송되었던, 이른바 '프란게 문고'에 소장된 자료를 통해, 다자이가 패전 뒤 GHQ가 일본을 점령하고 있던 시기에 발표했던 「인어의 바다(人魚の海)」, 「철면피」, 「교장 3대」, 「화폐(貨幣)」, 「오손 선생 언행록(원제: 黄村先生言行錄)」, 「길일」, 「수상한 암자(원제: 不審庵)」 등은 GHQ의 검열에 의해 삭제하도록 지시받고 있었음이 2009년에 밝혀진다.

책읽는고양이

약간의 거리를 둔다

소노 아야코의 에세이. "좋아하는 일을 하든가, 지금 하는 일을 좋아하든가" "인생은 좋았고, 때로 나빴을 뿐이다" "자기다울 때 존엄하게 빛난다" 등등 정말 맞는 말이라 무릎을 치게 만드는 조언들, 어이없을 정도로 간단하지만 감히 뒤집어볼 엄두조차 내지 못했던 삶의 진리들이 가득하다. 객관적 행복을 좇느라지친 영혼을 위로하는 책으로 '나' 자신을 속박해온 통념으로부터 벗어나 나답게 사는 삶으로 터닝할 수 있도록 이끌어준다. 9900원.

매경 · 교보문고 선정 "2017년을 여는 베스트북"
예스24 선정 "2017년 올해의 책"

타인은 나를 모른다

베스트셀러 《약간의 거리를 둔다》의 작가 소노 아야코가 전하는 '관계로부터 편안해지는 법'. 짧지만 함축적 언어로 인생의 묘미를 표현하는 소노 아야코식 글쓰기가 돋보이는 책으로, 타인과 나는 다르며, 또 절대 같아질 수 없음을 상기시킨다. 이를 통해 타인으로부터의 강요는 물론, 나의 생각을 받아들이지 못하는 상대로 인한 스트레스로부터 편안해지는 기본기를 다져준다. 9900원.

남들처럼 결혼하지 않습니다

소노 아야코의 부부 심리 에세이. 부모의 불화 속에서 자란 저자가 아나키스트 부모 밑에서 자란 남편을 만나 완전히 상반된 부부상을 경험하면서 깨달은 결혼의 본질과 배우자 선택에서부터 성격 차이, 대화, 바람기, 배우자의 가족 등등, 부부가 되어 겪는 다양한 갈등에 대한 이해를 담았다. 10,900원.

조그맣게 살 거야

미니멀리스트 진민영 에세이. 외형적 단순함을 넘어 내면까지 비우는 삶을 사는 미니멀 라이프 예찬론. 군더더기를 빼고 본질에 집중하는 삶을 통해 '성공이 아닌 성장', '평가받는 행복이 아닌 진짜 나의 행복'으로 관점을 바꿔준다. 11,200원.

아버지 가방에 들어가실 뻔

파리를 100번도 더 가본 아트여행 기획자인 아들이 오랜 원망의 대상이었던 아버지와 함께 떠난 단 한 번의 파리 여행을 계기로, 아버지를 이해하게 되고 나아가 가족 내 상처 치유와 관계 회복은 물론, 20여 년 간 일해온 여행업에서도 다시금 맥락을 잡아가는 기적과 같은 변화를 담고 있다. 이를 통해 진정한 '나다운 삶'이란 상처와 조우하는 용기와 언제나 내 편이 되어주고 묵묵히 바라봐주는 가족에 기반함을 전한다. 13,000원.

옮긴이 김욱

언론계 최일선에서 오랫동안 활동했다. 현재는 인문, 사회, 철학, 문학 등 다양한 분야의 서적을 탐독하며 사유의 폭을 넓히고 있다. 지은 책으로는 《가슴이 뛰는 한 나이는 없다》《삶의 끝이 오니 보이는 것들》《상처의 인문학》《탈무드에서 마크 저커버그까지》《성공한 리더십, 실패한 리더십》 등이 있다.
옮긴 책으로는 《약간의 거리를 둔다》《지적 생활의 즐거움》《여행하는 나무》《아미엘의 일기》《니체의 숲으로 가다》《지로 이야기》《동양기행》《황천의 개》《노던 라이츠》《지식생산의 기술》《나이듦의 지혜》《간소한 삶, 아름다운 나이듦》《후회 없는 삶, 아름다운 나이듦》 등이 있다.

갈매기 / 산화 / 수치 / 아버지 / 신랑

1판 1쇄 인쇄 2018년 6월 30일
1판 1쇄 발행 2018년 7월 10일

지은이 다자이 오사무
옮긴이 김욱
펴낸이 김현정
펴낸곳 책읽는고양이 / 도서출판리수

등록 제4-389호(2000년 1월 13일)
주소 서울시 성동구 행당로 76 110호
전화 2299-3703
팩스 2282-3152
홈페이지 www.risu.co.kr
이메일 risubook@hanmail.net

ⓒ 2018, 도서출판리수
ISBN 979-11-86274-38-5 03830